Dr. Jagoda Jorga

ICH BIN SCHÖN
und bald ein bisschen schlanker

Dr. Jagoda Jorga

ICH BIN SCHÖN
und bald ein bisschen schlanker

So nehme ich sicher und sorglos ab

OBERSTEBRINK

Der Inhalt dieses Buches ist sorgfältig recherchiert und erarbeitet worden. Dennoch können weder Autorin noch Verlag für alle Angaben im Buch eine Haftung übernehmen.

Übersetzung aus dem Englischen: Tobias Schudok
Art-Direktor: Igor Oršolić
Layout und Design: Jana Oršolić
Illustrationen: Silvija Vojnić Rogić
Fotos: Marko Todorović
Model: Marija Miličić
Deutscher Satz: ISM, München
Herstellung: Sagalara, Lodz, Polen

Verlag: Oberstebrink
c/o Körner Medien UG
Herzog-Heinrich-Straße 5, 80336 München
Tel. 089/33095656, Fax 089/33095473
koerner@koerner-medien.de
www.oberstebrink.de

ISBN 978-3-96304-017-7

INHALT

Für die kleine Zoe,
wenn sie ein großes Mädchen ist,
und für alle großen Mädchen,
die einmal klein waren.

Einleitung

Als du geboren wurdest, hast du etwa 3,5 Kilogramm gewogen und warst ca. 50 Zentimeter groß. Vielleicht wirst du einmal 168 Zentimeter groß. Zwischen deinem elften und deinem siebzehnten Geburtstag wirst du am stärksten wachsen. Wann genau du wie schnell wächst, das lässt sich nicht voraussagen. Manche deiner Freundinnen brauchen nur einen einzigen Sommer, um zu ihrer vollen Erwachsenengröße heranzuwachsen. Man erkennt sie kaum wieder, wenn sie im Herbst nach den großen Ferien in die Schule kommen.

Stellen wir uns für einen Moment vor, dass es bei dir auch so sein wird, in dem Sommer, in dem du 15 wirst. Und stellen wir uns vor, dass du dich, wie manche deiner Freundinnen, genau zu diesem Zeitpunkt entschließt, eine Diät zu machen. Ob du die überhaupt brauchst, überlegen wir uns später. Es gibt erst einmal etwas viel Wichtigeres: dass eine Diät dazu führen kann, dass du deine volle Erwachsenengröße nie erreichst!

Eine optimale, hochwertige Ernährungsweise ist die Voraussetzung dafür, die mögliche Körpergröße auch voll zu erreichen. Das geht ohne unnötige Kalorien aufzunehmen, aber es klappt nicht mit kurzen, unausgewogenen Diäten!

Also, wenn du dich entscheidest, eine Diät zu machen, entscheide dich für eine vielfältige ausgewogene Ernährung mit klug ausgewählten Zutaten. Deine Nahrung bietet dir alles, was du brauchst, um zu wachsen, dich zu entwickeln und aktiv zu sein, und das solltest du nicht aufs Spiel setzen.

Du wirst einige Informationen und Fertigkeiten brauchen. Nicht allzu kompliziert und viel weniger fordernd als Physik oder Mathematik – so anstrengend wird es nicht. Aber es ist wichtig für dich, dass du dieses Wissen verinnerlichst und ein Ernährungskonzept aufstellst, das dir wirklich gefällt. Und wenn du mehr über Ernährung lernst, wirst du niemanden anderen brauchen, der all die albernen Ratschläge für dich beurteilt. Du wirst in der Lage sein, diese vermeintlich magischen Lösungen fürs Abnehmen selbst zu beurteilen.

Ebenso wichtig ist es, Sport zu machen, auch wenn das bei Mädchen irgendwie leichter in Vergessenheit gerät. Als ob Mädchen keine Muskeln bräuchten! Natürlich brauchen sie die, denn schließlich formt sich der Körper erst durch Sport. Muskeln geben dir die richtige Haltung und Einstellung – nicht Diäten! Um es kurz zu machen, ist dein Ziel ein schöner und gesunder Körper. Der Weg dorthin führt durch dein individuelles, persönliches Programm aus ausgewogener Ernährung und Sport – regelmäßig und nachhaltig! Und dieses Buch hilft dir dabei. *Also, lass uns anfangen!*

Diät und Ernährungszustand – Grundlagen

Jeder macht Diät:

Eltern, Großeltern, Popstars – jeder macht Diät ... oder jedenfalls behaupten sie das! Viele Mädchen probieren mal eine Diät aus, weil sie mit ihrem Aussehen nicht zufrieden sind oder denken, dass etwas an ihrem Aussehen nicht stimmt.

Und die Ärzte sagen dazu: auf keinen Fall!

Heranwachsende sollten keine Diät machen, weil ihr Wachstum gehemmt werden kann. Mädchen können in die Magersucht abgleiten oder ihre Periode kann ausbleiben.

Auf den Titelseiten von Zeitungen und Magazinen sieht man immer wundervolle Bilder von Promis. Und sie alle scheinen irgendein Diätrezept zu haben, um ganz einfach und schnell Gott weiß wie viele Kilogramm zu verlieren. Wie verhält man sich da vernünftig? Wie wählt man aus der verwirrenden Informationsflut das Richtige aus? Schließlich ist die angemessene Versorgung mit Nährstoffen ein absolutes Muss für das Wachstum und die faszinierende Entwicklung, die jeder Mensch macht. Der Ernährungszustand ist der Spiegel unserer Ernährung. Er sagt uns, ob wir das zu uns nehmen, was der Organismus braucht, welche Reserven er hat, ob er auf alle kurz- und langfristigen Bedürfnisse unseres Stoffwechsels reagieren kann.

Um deinen Ernährungszustand schnell einzuschätzen, kannst du deinen Body-Mass-Index berechnen und nachsehen, wo du dich in den Tabellen auf den nachstehenden Seiten wiederfindest. Nur dann kannst du sagen, ob du dünn bist oder dick oder genau richtig.

WAS ist eigentlich eine DIÄT?

Eine Diät im eigentlichen Sinn, also ohne Gänsefüßchen, ist eine medizinische therapeutische Maßnahme. Ein Arzt verschreibt eine Diät, um eine Krankheit besser und effizienter zu behandeln oder ihr vorzubeugen. Eine Diät kann einzeln verschrieben werden oder in Verbindung mit bestimmten Medikamenten oder chirurgischen Eingriffen. Der Arzt legt die Art und Menge an Nahrung fest und auf welche Weise sie zu sich genommen werden muss. Die Diät wird dann von Ernährungsberatern und Krankenschwestern umgesetzt und überwacht.

Erst in der heutigen Zeit hat sich der Begriff so gewandelt, dass jeder sofort ans Abnehmen und Hungern denkt. Die meisten Diäten, von denen man in Illustrierten oder im Internet liest, sind Radikalkuren, die dazu dienen sollen, in möglichst kurzer Zeit möglichst viel Gewicht zu verlieren. Besonders wenn solche Kuren berühmte Fürsprecher haben, fragt niemand, welche Nährstoffe eigentlich drinstecken und welchen Schaden sie zum Beispiel auf das Wachstum haben können, auf das Immunsystem und die sexuelle Entwicklung. Ganz zu schweigen von einem anderen Umstand, der mittlerweile weithin bekannt ist – dass die verlorenen Kilogramm nach dem Ende der Diät ganz schnell wieder zurückkommen!

Das fantastische Wachstum während der Pubertät, der Lebensphase, in der du derzeit steckst, hast du zuvor nur in deinen ersten beiden Lebensjahren erfahren, in denen sich deine Körpergröße verdoppelt hat.

Es sollte dich nicht wundern, dass du jetzt einen besonderen Bedarf an Energie und Nährstoffen hast, der sich von jedem anderen Zeitabschnitt in deinem Leben unterscheidet. Dein Bedarf an Nährstoffen ist jetzt am höchsten. Sogar höher als zu der Zeit, als du ein Baby warst, weil dein Organismus damals sehr klein war.

Die angemessene Aufnahme von Nährstoffen ist ein absolutes Muss für dein Wachstum und deine Entwicklung, die von deinen genetischen Veranlagungen bestimmt werden.

you grow girl

DIÄTEN ZUM ABNEHMEN
bringen per Definition den Verzicht auf Kalorien, sollten aber nicht Verzicht auf Nährwert bedeuten!
Die wahre Kunst liegt darin, ALLES zu dir zu nehmen, was dein Körper braucht, und dabei genau die richtige Menge an Kalorien aufzunehmen – nicht zu viele, nicht zu wenige.

Also, vergiss Diäten!
Eine optimale individuelle Ernährung ist, was dir wirklich hilft!

Wenn du dich an die Regeln einer gesunden Ernährung hältst und es wirklich nötig ist, kannst du auch auf einige Kalorien verzichten, sodass du Gewicht abnehmen kannst, ohne zu verhungern. Viele Seiten dieses Buches widmen sich genau diesem Thema: was genau du aus der Fülle verschiedener Speisen und Getränke auswählen sollst und wie du dir deinen ganz individuellen Speiseplan zusammenstellen kannst.

WIE SIEHT EINE RICHTIGE, NORMALE VERSORGUNG MIT NÄHRWERTEN AUS?

Um den Ernährungszustand zu ermitteln, wenden Ernährungswissenschaftler unterschiedliche laborchemische Verfahren an und werten verschiedene Daten aus. Aber die erste Methode ist, Höhe und Gewicht zu messen und den Ernährungszustandsindex zu berechnen – besser bekannt als Body-Mass-Index oder BMI. Bei Erwachsenen über 20 ist das unkompliziert. Ein BMI zwischen 18,5 und 24,9 kg/m³ gilt für beide Geschlechter als völlig normaler Ernährungszustand.

Um den Ernährungszustandsindex zu berechnen, muss man das Gewicht in Kilogramm durch die Größe in Metern im Quadrat teilen.

BMI = Körpergewicht : Körpergröße²

Bis zum 20. Lebensjahr unterscheidet sich der Body-Mass-Index deutlich je nach Alter und Geschlecht. Schauen wir uns an, wie er für ein fünfzehnjähriges Mädchen aussieht.

Fangen wir mit der Größe an. Stellen wir uns für einen Moment vor, dass du in deinem elften Lebensjahr bereits einen Meter gewachsen bist. Angefangen bei 50 Zentimetern bei deiner Geburt, wärst du dann 150 Zentimeter groß gewesen. Du hattest nicht viel Einfluss auf deine Ernährung. Andere haben sich darum gekümmert. Wenn du dich weiterhin ordentlich ernährst, wirst du, bis du 20 bist, weitere 20 oder 25 Zentimeter wachsen.

Angenommen, dass du mit 15 Jahren 164 Zentimeter groß bist und 56 Kilogramm wiegst ... Was denkst du? Ist das ein gutes Gewicht, oder solltest du eine Diät anfangen? Wenn ich mir die Zahlen ansehe, würde ich sagen, dass du recht dünn bist: Du bist im unteren Normalbereich, mit einem Ernährungszustandsindex von 20,8 kg/m³.

Dein gewünschtes Gewicht variiert theoretisch zwischen 47 und 64 Kilogramm. Unter 47 Kilogramm wäre dein zukünftiges Wachstum genauso in Gefahr wie die Entwicklung und Funktion deiner Sexualorgane.

Wenn du schwerer als 64 Kilogramm wärst, würde das nicht unbedingt bedeuten, dass du fettleibig bist. Vielleicht bist du einfach nur groß oder etwas übergewichtig. Wenn du zum Beispiel intensiv Sport treibst und viele Muskeln hast, wiegst du mehr, ohne dass das bedeutet, dass du eine Diät machen solltest. Medizinische Fachleute würden dir eine Diät erst empfehlen, wenn du mehr als 78 Kilogramm wiegst, was der Grenzwert für Fettleibigkeit in diesem Alter ist.

DAS WICHTIGSTE AN DER OPTIMALEN VERSORGUNG MIT NÄHRSTOFFEN IST, DIR ZU ERMÖGLICHEN, DAS VOLLE POTENZIAL DEINES KÖRPERS ZU ERREICHEN.

Das bedeutet, dass du mit 20 Jahren deine erwartete maximale Größe erreichst und auch optimale Maße in anderen Bereichen, etwa Hüft- oder Brustumfang.

Ob du das schaffst und du 168 Zentimeter groß wirst oder 175 oder noch mehr, was bei Mädchen weniger häufig vorkommt, hängt vor allem davon ab, was du zu dir nimmst. Natürlich gibt es auch viele andere Faktoren, die du nicht beeinflussen kannst, etwa deine genetische Veranlagung. Deine genetische Veranlagung hängt nicht nur davon ab, wie groß deine Eltern sind, sondern auch von der Größe vieler deiner Vorfahren, von solchen, die du kennst, und solchen, die du nie kennengelernt hast! Du kannst dir deine Vorfahren nicht aussuchen, aber du kannst das Beste aus deinen Anlagen machen.

Sieh dir die Liste auf der folgenden Seite an. Wir haben die typischen Körpergrößen mit den dazugehörigen Gewichten im Alter von 15 bis 20 Jahren sowie den Ernährungsindex aufgelistet.

Mädchen sind im Alter von 15 Jahren zumeist zwischen 157 und 166 Zentimeter groß, selten größer oder kleiner. Für die kleinste Größe in diesem Bereich sollte das Gewicht nicht unter 43 Kilogramm fallen und für die größte sollte das Gewicht nie unter 48 Kilogramm liegen. Und selbst dann ist die obere Grenze für NORMALGEWICHT elastisch und reicht von 59 bis 66 Kilogramm.

Mädchen mit 15 Jahren	Mädchen mit 20 Jahren
43 bis 59 kg	47 bis 63 kg
157 cm	159 cm
46 bis 62 kg	49 bis 64 kg
162 cm	164 cm
48 bis 66 kg	52 bis 70
166 cm	168 cm
17.43 bis 23.89 kg/m2	18.5 bis 24.9 kg/m2

Der Index von 29,01 kg/m³ im Alter von 15 Jahren entspricht dem BMI von 30 im Alter von 20 Jahren. Wenn der Wert höher liegt, besteht ein erhöhtes Risiko für Stoffwechselstörungen. Hier wäre die Grenze, an der ich eine Diät vorschlagen würde, aber mit professioneller Unterstützung und für eine begrenzte Zeit.

Was ist mit dem Bereich zwischen 25 und 29,5? Wenn du in diesem Bereich bist, ist es wirklich wichtig, dass du dich um dein Gewicht kümmerst. Das bedeutet nicht, dass du eine Diät brauchst – optimale Ernährung und regelmäßiger Sport sind die Strategie, um weitere Gewichtszunahmen zu verhindern.

Unter der unteren Grenze des Bereichs, den wir normal nennen, liegt erst einmal der Bereich, in dem man Menschen als dünn bezeichnet. Darunter kommt der Bereich der Unterernährung. Das bedeutet, dass einige wichtige Nährstoffe fehlen und nicht bloß Kalorien. Unterernährung ist gefährlich für das Wachstum und die Entwicklung. Es geht dabei nicht bloß darum, wie du aussiehst. Es geht darum, wie gut du tatsächlich genährt bist. Es geht darum, dass dir vielleicht entscheidende Reserven für dein Wachstum, deine Entwicklung und dein Immunsystem fehlen. Genauso wie Fettleibigkeit ist Unterernährung sehr gefährlich und niemals erstrebenswert!

Um es anders auszudrücken: Schlank zu sein ist nicht dasselbe wie dünn zu sein, und groß zu sein ist nicht dasselbe wie fettleibig zu sein.

Und der Unterschied liegt nicht nur in den Zahlen. Du hast jedes Recht dazu, groß gebaut zu sein, aber du kannst und solltest Fettleibigkeit vermeiden! In einem Satz bedeutet das, ausgewogene Ernährung und Sport zu echten Bestandteilen deines Lebensstils zu machen, den du ganz allein gestaltest. Dieses Buch will dir dabei helfen.

BERECHNE DEINEN BMI UND SCHAU, WO DU STEHST

Finde heraus, wo du dich, verglichen mit dem Bereich des normalen Ernährungszustands, befindest. Mit deinem Index warst du näher am unteren Rand, aber selbst, wenn du ein wenig über dem oberen Rand liegst, musst du nicht unbedingt eine Diät machen. Weil du den Sommer über wächst, wird dein Ernährungsindex sinken, und du wirst in den dünnen Bereich kommen. Wenn du dennoch ein bisschen nachhelfen möchtest, brauchst du keine professionelle Hilfe dazu. Mit den richtigen Informationen kannst du deine natürliche Entwicklung selbst unterstützen.

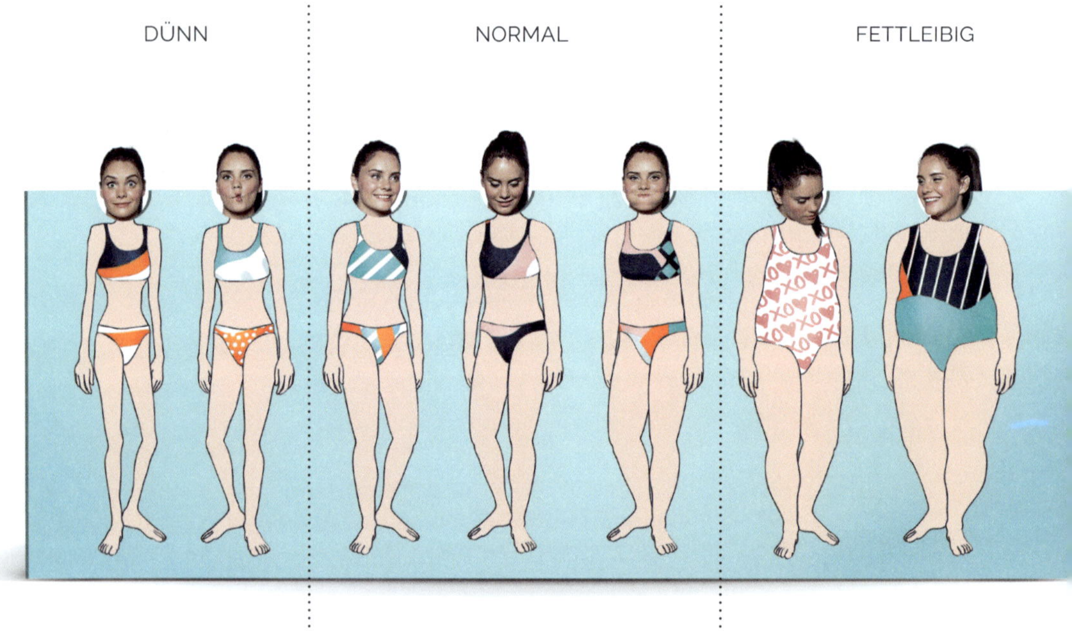

Wenn dir dein gegenwärtiges Aussehen nicht gefällt, versuche nicht nur auf diesen Moment zu schauen. Das Leben verändert sich andauernd, und während der Sommerferien wächst du vielleicht fünf Zentimeter. Mit deinen 58 Kilogramm bist du dann plötzlich in der goldenen Mitte. Denk an die Zahlen, die für das 20. Lebensjahr prognostiziert werden, und versuch in diesem Bereich zu bleiben.

Wenn du den Index nicht berechnen möchtest, kannst du dir eine von den Zeichnungen aussuchen, die jeweils einen anderen Ernährungszustand darstellen, und auswählen, welche davon deiner Wunschvorstellung am nächsten kommt.

Du kannst dir die verschiedenen Ernährungszustände ein bisschen wie Kleidergrößen vorstellen, S, M und L. Sie liegen alle im normalen Bereich, und wie sie aussehen, hängt vor allem davon ab, wie viele Muskeln und wie viel Fett in deinem Körper stecken.

Je mehr Muskeln du hast, desto geringer ist dein Körperumfang. Ein gleichschwerer Körper kann also weniger Volumen haben.

Anders gesagt: Egal welches Gewicht du im Normalbereich hast, du brauchst keine Diät. WENN DU DÜNNER AUSSEHEN MÖCHTEST, SOLLTEST DU ANFANGEN, SPORT ZU MACHEN.

SPORT
ist der Weg zum perfekten Aussehen– nicht Diäten!

Verschiedene Diäten lassen dich Gewicht verlieren und richten dabei mehr oder weniger Schaden an. Keine formt deinen Körper! Dafür brauchst du körperliche Aktivität. Und zwar nicht irgendeine, sondern ein sinnvolles Programm. Es ist prinzipiell gesund, sich zu bewegen, aber gezielte Ergebnisse benötigen ein klar definiertes Übungsprogramm. Du kannst dir eines ausdenken und es umsetzen, alleine oder mit jemandem zusammen. Du wirst ein paar Hinweise brauchen, aber vieles davon kannst du allein festlegen. Und am Ende bist es sowieso du allein, die das Programm in die Praxis umsetzt. Es wird nicht funktionieren, wenn du dir Fitnessprogramme nur im Fernsehen oder im Internet ansiehst.

Ein sinnvolles Aktivitätsprogramm bedeutet: eine Art von Aktivität auswählen, die Belastungsstufe, die Dauer und eine Anzahl von Tagen in der Woche, an denen die Aktivität ausgeführt wird, und dabei zu bleiben.

Und vergiss nicht, das Wichtigste bei der Auswahl einer Aktivität und der Gestaltung eines Programms ist, es wirklich zu genießen!

enjoy it!

SHAPE
YOUR
BODY

SPORT – BASICS

Ohne groß auf die Gründe einzugehen, ist festzustellen, dass viele Mädchen aufhören, sich körperlich zu betätigen, obwohl sie das als Kinder gerne getan haben. Sie hören nicht nur auf zu spielen. Viele Mädchen können weniger mit Sport anfangen als Jungs.

Neben anderen Gründen geben Mädchen an, dass Sport ihrem Aussehen schaden und der Schweiß ihnen das Make-up und die Frisur ruinieren würde. Immerhin gibt es mittlerweile viele Frauen in den Medien, die ein positives Bild durch ihre eigenen sportlichen Aktivitäten vermitteln. So wird die Message verbreitet, dass nicht nur Make-up und Haare zum guten Aussehen beitragen.

Vielleicht hast du schon einmal von aerobem und anaerobem Training gehört. Hier wollen wir nur ein paar wichtige Fakten vorstellen, die du kennen solltest.

FAKT 1

Aerobes Training verbrennt Kalorien. Bei anaerobem Krafttraining werden viel weniger Kalorien verbrannt!

Aber Übungen für die Stärke und die Knochen, zum Beispiel Training mit leichten Hanteln, sind gut für bestimmte Muskelgruppen. Wenn du ein Problem mit einem kleinen Fettröllchen an deinem Bauch hast, trainiere an einer Schrägbank. Aber bleib dran, mach viele Wiederholungen – nicht weniger als zehn pro Trainingseinheit!

Aerobes Training

Krafttraining

FAKT 2

Der Kalorienverbrauch und die Effektivität des Trainings hängen von der Intensität ab.

Wenn du acht Kilometer in der Stunde läufst und du 56 Kilogramm wiegst, verbrauchst du 450 Kalorien*. Wenn du gut in Form bist und 12 Kilometer in der Stunde laufen kannst, verbrennst du 700 Kalorien!

Die Tabelle am Ende des Buches zeigt, wie viele Kalorien pro Kilometer in der Minute verbrannt werden. Multipliziere den Wert mit der Anzahl an Minuten, die du trainierst, um den gesamten Kalorienverbrauch zu erhalten.

* Um genau zu sein, sind es 450 Kilokalorien. Der Einfachheit halber sprechen wir in diesem Buch aber meist von Kalorien, auch wenn es tatsächlich immer um Kilokalorien geht.

Zehn Minuten Minimum

FAKT 3

Jede Aktivität muss, um effektiv zu sein, eine gewisse Zeit lang ausgeführt werden.

Weniger als zehn Minuten zu trainieren hat keinen Effekt. Am besten wirkt das Training, wenn es mindestens 40 Minuten des Tages einnimmt.

FAKT 4

Ein echter Effekt stellt sich bei regelmäßigem Training ein, also wenn du an jedem Tag der Woche etwas tust. Optional kannst du auch einen Tag Pause einbauen.

Immer wenn du trainierst, verbrennst du Kalorien, das stimmt natürlich. Aber nur regelmäßiges Training kann einen echten Effekt – sowohl auf deine körperliche Kondition als auch auf deine Figur – haben, weil es die Entwicklung von Muskelgruppen fördert, die stärker am Training beteiligt sind.

Regelmäßige Aktivität erhöht den Grundumsatz. Das bedeutet, wenn du regelmäßig aktiv bist, wirst du mehr Kalorien verbrennen, sogar während du dich ausruhst. Das gibt dir die Fähigkeit, zusätzliche Kalorien aufnehmen zu können, ohne zuzunehmen.

MONTAG

DIENSTAG

MITTWOCH

DONNERSTAG

FREITAG

SAMSTAG

SONNTAG

MUSKELN SIND AUCH
WAS FÜR MÄDCHEN
NICHT NUR FÜR JUNGEN

Es ist eine Tatsache, dass körperliche Aktivität Gewichtszunahme vorbeugt. Daneben macht sie uns auch geistig fitter. Sie erhöht das Selbstbewusstsein, erzeugt Glücksgefühle und verbessert unsere intellektuellen Fähigkeiten, etwa Konzentration, Gedächtnis und Schlussfolgern. Einfach ausgedrückt: Wenn du trainierst, wird es dir leichter fallen, Rechenaufgaben zu lösen sowie viele andere Aufgaben in der Schule.

Wissenschaftler haben einen positiven Einfluss von aerobem Training auf Zentren im präfrontalen Cortex im Gehirn beobachtet. Diese werden manchmal als Generaldirektoren einer hochkomplexen Organisation bezeichnet, die wir unseren Organismus nennen. Sie sammeln alle Informationen, treffen Entscheidungen und geben Befehle. Du wirst einfach schneller und effizienter in dem werden, was du tun möchtest.

Viele Mädchen konzentrieren sich vor allem darauf, was sie sofort fühlen können. Das könnte ein weiterer Grund dafür sein, warum sich junge Mädchen nicht so sehr für Sport interessieren. Doch Sport hat viele weitere positive Auswirkungen auf die Gesundheit, die langfristiger wirken. Also schauen wir uns an, welche Auswirkungen das sind!

Training und noch mal Training, nicht Diäten, führt zu einer guten körperlichen Verfassung, einer guten Haltung, gesunder Hautfarbe, Flexibilität, guter Beweglichkeit, um nur ein paar Elemente einer guten körperlichen Verfassung zu nennen.

MUSKELN SIND AUCH WAS FÜR MÄDCHEN – NICHT NUR FÜR JUNGEN!

WÄHLE DEINE AKTIVITÄT

Bewege dich den ganzen Tag über so viel wie möglich. Zum Beispiel spazieren gehen, während du Vokabeln lernst, im Haushalt helfen oder den Nachbarhund Gassi führen. Gehe wenn immer möglich zu Fuß zur Schule oder fahre Rad, verpass den Sportunterricht nicht und lass dich nicht vom Tanzen abhalten, wenn du die passende Musik hörst. Und dann solltest du dir eine spezielle Sportart auswählen.

Als Allererstes geht es bei der Auswahl der passenden Sportart darum, dass sie dir gefällt und Spaß macht!

Ob sie das tut, kannst du natürlich nicht wissen, bevor du es ausprobierst. Sprechen wir zuerst über aerobe Aktivitäten. Einfach gesagt, sind das Aktivitäten, die fast alle großen Muskelgruppen einbeziehen.

Es ist fast egal, ob du Joggen, Fahrradfahren oder Rollerskaten wählst. Mit zehn Stundenkilometern zu laufen hat einen ähnlichen Effekt, wie mit Rollerblades oder Rollschuhen 20 Kilometer pro Stunde zu fahren. Du wirst mehr als 500 Kalorien verbrennen, und beide Aktivitäten werden deine Beine perfekt formen. Wenn du zu Hause schnell Seil springst wie ein Boxer, kann das sogar noch mehr Kalorien verbrennen. Wo wir schon dabei sind, wieso versuchst du es nicht wirklich mit Boxen? Das Training ist außergewöhnlich, und du kannst mit deinen Freunden üben.

Diese und ähnliche Übungen formen vor allem die untere Hälfte des Körpers. Wenn du deine Brust, Schultern und Arme entwickeln willst, solltest du schwimmen gehen, Kanu fahren oder einen Ballsport betreiben, bei dem man die Hände benutzt.

I ♥ BiCyCLe

SWIMMING

DAS WESENTLICHE IST, NICHT NACHZULASSEN.

Die Intensität ist das Wichtigste am Training und bestimmt seine Effektivität. Mach dich bereit, zu schwitzen, und du wirst anschließend entspannt und zufrieden sein.

Um den gewünschten Effekt bei einer bestimmten Muskelgruppe zu erzielen, kombiniere einen Sport, der dir gefällt, mit sogenannten anaeroben Übungen im Fitnessstudio. Die Übungen werden gezielt auf Problemzonen angewandt, deshalb reicht es, sie zweimal pro Woche zu machen.

WAS IST INTENSITÄT UND WIE MISST MAN SIE?

Dir ist vielleicht schon aufgefallen, dass beim Thema Sport und körperliche Aktivität immer wieder die Intensität erwähnt wird. In jeder Empfehlung für deine Altersgruppe heißt es, dass du zumindest eine Stunde mäßige bis intensive körperliche Aktivität täglich benötigst.

Am Ende dieses Buches findest du eine Tabelle, in der du die Intensität verschiedener Aktivitäten nachschlagen kannst. Du kannst sehen, welche Aktivitäten leicht bis mäßig sind und welche intensiv – verglichen mit dem geplanten Kalorienverbrauch.

Körperliche Aktivität, die weniger als 3,5 Kalorien pro Minute verbrennt, ist LEICHT, von 3,5 bis 7 Kalorien in der Minute ist sie MÄSSIG INTENSIV und über 7 ist sie INTENSIV.

Diese Daten sind eine gute Orientierung, aber die Frage nach der Intensität variiert von Person zu Person. Vor allem hängt sie vom Ernährungszustand und der Fitness ab. Fahr mit einer Freundin, die aktiv Sport treibt, Fahrrad. Wenn ihr anhaltet, messt euren Puls. Ihr Puls wird vielleicht bei 110 Schlägen pro Minute liegen, während deiner bei 145 Schlägen liegt. Das Tempo von 15 Stundenkilometern, in dem ihr vielleicht beide gefahren seid, stellte für deine sportliche Freundin nur eine leichte Anstrengung dar, aber eine sehr intensive für dich.

Der PULS zeigt die relative Intensität an, also die individuelle Anstrengung.

Am einfachsten misst du 15 Sekunden lang am Handgelenk und multiplizierst das Ergebnis mit vier.

Wenn man den Puls misst, misst man, wie oft das Herz in der Minute schlägt. In Ruhe ist der Puls niedrig; er steigt an, wenn die Intensität der körperlichen Aktivität zunimmt, abhängig von deiner Fitness.

Je besser du trainiert bist, desto weniger steigt dein Puls bei selber Intensität, wie du in dem Beispiel mit den Fahrrädern gesehen hast. Natürlich steigt er auch, wenn du verliebt bist oder Fieber hast, aber das ist gerade nicht das Thema.

Sehen wir uns das Fahrradbeispiel noch einmal genauer an. Zunächst hat deine Freundin genug Reserven, um mit dem Fahrrad über 30 Kilometer in der Stunde zu sprinten und dich weit hinter sich zu lassen. Du hast die nicht! Deine Pulsfrequenz wird dich einschränken und dein Kopf und deine Beine werden schwer werden. Macht nichts, sagst du dann vielleicht, ich muss nicht gewinnen. Aber was dein Puls dir mitteilt, ist, dass du ein Fahrrad nicht schnell genug fahren kannst, um 400 bis 500 Kalorien in der Stunde zu verbrennen, wie du auch in der Tabelle sehen kannst. Dein Verbrauch wird bei 200 bis 250 Kalorien liegen.

Es ist also dein Puls und nicht irgendein theoretischer Wert, der dir sagen wird, ob eine bestimmte Aktivität mäßig oder sehr intensiv für dich ist.

Hier stellt sich dir also eine neue Frage: Bist du körperlich fit genug, um die Intensität zu erreichen, bei der Kalorien verbrannt werden? Die gute Nachricht ist, dass mit Training alles gelöst werden kann, solange du ein gewisses Maß an Intensität einhältst. Wenn die Übung zu leicht für dich ist, wird sich dein körperlicher Zustand nicht verbessern ,und du wirst nicht in der Lage sein, Kalorien zu verbrennen.

Eine Aktivität, die deinen Puls auf 175 (ca. 44 Schläge in 15 Sekunden) bringt, ist für eine längere Zeitspanne unerwünscht. Das wären über 85 % deiner maximalen Herzfrequenz – deiner anaeroben Grenze.

Nicht weniger wichtig ist, dass extrem intensive Anstrengung Störungen der Periode bewirken kann. Auch aus diesem Grund solltest du es nicht übertreiben.

Um den erwünschten Trainingseffekt vom unerwünschten zu unterscheiden, solltest du die richtige mäßige Intensität für dich kennen.

Theoretisch liegt der erwünschte Bereich zwischen 50 und 70 % deiner maximalen Herzfrequenz.

Da dein Maximum 205 Schläge pro Minute sind, liegt der gewünschte Bereich bei 100 bis 142 Schlägen pro Minute. Um es einfacher zu machen: Es sind 25 bis 35 Schläge in 15 Sekunden.

Der Puls kann manchmal höher sein, aber das sollte nicht länger als ein paar Minuten dauern. Wenn du wirklich ernsthaft trainieren willst, solltest du das mit deinem Sportlehrer oder einer ausgebildeten Fitnesstrainerin tun. Zusammen seid ihr in der Lage, ein gutes Intervalltraining auszuarbeiten, das deine körperliche Fitness verbessert.

Das klingt vielleicht kompliziert, aber wenn du ein paar Fakten beherrschst, kommst du viel weiter als deine Freunde, die intensiv trainieren, aber kein theoretisches Wissen haben.

Du kannst für jeden die maximale Herzfrequenz berechnen, indem du folgende Formel anwendest: 220 MINUS DAS ALTER! Dann berechne einfach den gewünschten, aeroben Prozentbereich und den anaeroben Bereich – der, wie du dich sicher erinnerst, nur für ein paar Minuten erreicht werden sollte.

Ich bin 15

Meine maximale ❤-Frequenz ist

220 – 15 = 205 ❤-Schläge/Min.

Meine gewünschte ❤-Rate

pro Minute liegt

zwischen 205 x 50 : 100 = 102,5

und 205 x 70 : 100 = 143,5

Meine gewünschte ❤-Rate

pro 15 Sekunden liegt

zwischen 102,5 : 4 = ca. 26

und 143,5 : 4 = ca. 36

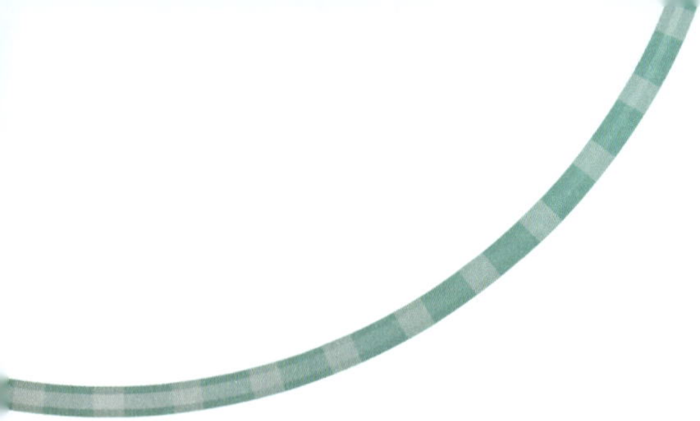

Es ist bekannt, dass Fernsehen oder die Beschäftigung am Computer den Taillenumfang erhöht. Menschen, die zwei bis drei Stunden täglich vor dem Fernseher sitzen, haben ein erheblich höheres Risiko für verschiedene Krankheiten. Leider beginnen diese Probleme in der Pubertät! Du legst an Gewicht zu, weil du mehr Fettgewebe am Bauch bekommst, dadurch wächst auch die Taille. Umgekehrt führt weniger Zeit am Bildschirm zu Gewichtsverlust, auch ohne zusätzliche Diät.

Also: Ergreife die erste Maßnahme zur Formung deiner Taille – beschränke deine Zeit vor dem Fernseher oder PC auf maximal zwei Stunden! Warte nicht darauf, dass deine Eltern eingreifen.

Als Nächstes kannst du neue Übungen ausprobieren. Ein Hula-Hoop-Reifen ist ideal für die Taille, und du kannst ihn sogar vor dem Bildschirm benutzen. Leichte und große Hula-Hoop-Reifen lassen sich einfacher benutzen. Später, wenn du es beherrscht, wirst du auch große Hula-Hoop-Reifen bewegen können, die etwa ein Kilogramm wiegen. Für den Anfang nimm einen hochwertigen Reifen, mit etwa 2,5 Zentimeter Dicke und einem Meter Durchmesser. Es macht Spaß, den Hula-Hoop-Reifen zu benutzen, und trainiert die Bauchmuskulatur, die du im Allgemeinen wenig benutzt. Es ist eine tolle aerobe Aktivität und kann richtig viel Energie verbrennen, je nachdem wie schnell und kräftig du den Reifen herumwirbelst.

Es gibt andere tolle Übungen für die Taille, manche kennst du vielleicht schon aus dem Sportunterricht: Unterarmstütz (auch „Plank“ genannt), Hüftheber, Bauchpresse („Crunch“), Seitenbeuge, Hüftdreher oder „Fahrradfahren“ („Bicycle Crunch“). Du kannst die Übungen im Stehen, flach auf dem Boden liegend oder auf der Schrägbank machen.

Es gibt noch viel mehr, wie Sportlehrer wissen. Du musst nur die Ausführung perfektionieren und sie dann (auch) zu Hause immer wieder wiederholen. Die Wiederholungen machen die Schwierigkeit aus – aber mach nicht weniger als zehn.

ESSEN & NÄHRSTOFFE – Dos & Don'ts!

Müssen wir WIRKLICH essen?

Müssen wir wirklich essen? Und wenn dem so ist, müssen wir unbedingt jeden Tag essen? Was sind Dos und Don'ts bei der Ernährung?

Man hört manchmal, dass es sehr gesund sein soll, wenn man gelegentlich sogenannte Wassertage macht: Man soll also nur Wasser und Saft trinken, und das entgifte den Körper irgendwie. Angenommen du wirst Giftstoffe los und verlierst dabei auch noch ein oder zwei Kilogramm … Klingt super, oder? Was passieren würde, wenn du das durchziehst, darauf gehen wir im letzten Kapitel dieses Buches noch näher ein, bei den Argumenten dagegen. Zunächst wollen wir uns einmal ansehen, was wir essen müssen, und was nicht.

Das wichtigste Argument dafür, dass wir essen müssen, ist: Wir müssen es aufgrund der essenziellen Nährstoffe tun. Das sind all die Stoffe, die der Körper braucht, um normal zu funktionieren, und die der Körper nicht selbst herstellen kann. Deshalb müssen wir sie von außen zuführen – mit Nahrung oder manchmal zusätzlich mit Nahrungsergänzungsmitteln.

Schauen wir uns die einfachen chemischen Grundlagen an, die uns helfen, das zu verstehen!

OHNE DAS KANN KEIN KÖRPER LEBEN – ESSENZIELLE NÄHRSTOFFE

Essenzielle Nährstoffe sind: einige Aminosäuren und Fettsäuren, manche Mineralien und die meisten bekannten Vitamine.

Um bei der Wahrheit zu bleiben, speichert der Körper einige dieser Stoffe als Reserven, aber diese Reserven sind begrenzt!

Calcium oder Eisen werden dir also nicht gleich ausgehen, wenn du eine Wasserdiät machst, trotzdem wird es Folgen haben. Denn andere Nährstoffe, wie Vitamin C oder die meisten B-Vitamine, sind nur sehr begrenzt speicherbar. Der Körper muss sie täglich aufnehmen. Niemand möchte die schrecklichen Folgen eines schweren Vitaminmangels erleben, wie etwa Skorbut.

Jeder Tag, an dem du hungerst, bedeutet, dass mindestens einer dieser Nährstoffe fehlt. Viele wichtige Prozesse verlangsamen sich dadurch oder hören ganz auf. Vielleicht betrifft das unsere Abwehr gegen Viren oder das Wachstum unserer Nägel oder Haare. Welche Vorgänge sich verlangsamen, hängt davon ab, welche Nährstoffe noch reichlich in deinen Reserven vorhanden sind und welche fehlen. Es hängt zudem davon ab, wie deine sonstige Situation zur Zeit aussieht. Wenn du beispielsweise gerade von einem Herpesvirus angegriffen wirst, kann Nährstoffmangel dazu führen, dass sich sichtbare Herpesbläschen bilden.

Wissenschaftler entdecken immer noch neue Nährstoffe und Substanzen und ihre Rollen im menschlichen Körper. Nicht einmal Astronauten schlucken eine blaue, eine rote und eine gelbe Pille statt einer Mahlzeit. Sie bekommen richtiges Essen mit auf den Weg, dem lediglich das Wasser entzogen wurde.

Anders gesagt: Wir können die Natur immer noch nicht so weit imitieren, dass wir Essen in Tablettenform herstellen können. Wir müssen die essenziellen Nährstoffe mit unserer Nahrung aufnehmen.

WAS MACHT EIN PROTEIN HOCHWERTIG?

Als Erstes nehmen wir uns die Proteine vor. Das passt schließlich auch zu ihrem Namen. „Protein“ kommt vom griechischen „protos“, was „der Erste/Grundlegende/Wichtigste“ bedeutet. Ohne sie gibt es kein Gewebe, keine Funktion. Haare, Haut, Verdauungsenzyme, Muskelfasern, das Hämoglobin, das den Sauerstoff transportiert – sie alle bestehen hauptsächlich aus Proteinen. Es gibt keine einzige Körperzelle, die ohne sie auskommt!

Proteine, auch Eiweiße genannt, sind lange Ketten aus Aminosäuren. Davon sind neun essenziell, du musst sie also durch deine Nahrung aufnehmen.

Die richtig hochwertigen Proteine sind vollständig und enthalten alle neun essenziellen Aminosäuren in einem ausgewogenen Verhältnis zueinander. Das ist der Grund dafür, dass Milch, Eier, Fleisch und Fisch grundlegend für das Wachstum und die Entwicklung sind.

Auch viele pflanzliche Lebensmittel enthalten die essenziellen Aminosäuren, jedoch nie in idealen Mengen. Wenn man aber verschiedene Sorten kombiniert, bekommt man von allem genug – sagen Vertreter des Vegetarismus.

Aber die Folgen werden oft verschwiegen. Um genug von diesen essenziellen Aminosäuren aufzunehmen, ist es nötig, mehrere verschiedene Dinge zugleich zu essen, etwa Nudeln und Bohnen. Alternativ oder zusätzlich musst du sie in großen Mengen essen. Und das bedeutet, dass du auch sehr viel mehr Kalorien aufnimmst.

ZWEI EIER, gekocht oder als Spiegelei, stellen 13 Gramm Protein zur Verfügung, die der Körper zu 100 Prozent verwerten kann, und 150 Kalorien. Um dieselbe Menge an Proteinen durch pflanzliche Kost aufzunehmen, bräuchtest du eine Mischung aus 75 Gramm NUDELN und 100 Gramm SOJABOHNEN, und das entspricht mindestens 500 Kalorien!

Woran liegt das? Unser Körper kann einfach nicht alle Zutaten aufnehmen, die in unserem Essen enthalten sind und auf der Packung aufgeführt werden. Bei pflanzlichen Proteinen können oft nur rund 30 Prozent verwertet werden. Aus diesem Grund und aufgrund des Mangels an verschiedenen Aminosäuren sind pflanzliche Nahrungsmittel eine schlechtere Quelle von sogenannten unvollständigen Aminosäuren.

Zusätzlich enthält das Ei große Mengen an Vitamin B12, Eisen und so weiter.

2 x = 150
Kalorien
500
Kalorien

Die erste Regel der sinnvollen Ernährung lautet: WÄHLE ESSEN AUS, DAS EINEN HOHEN NÄHRWERT HAT!

Anders ausgedrückt: Deine erste Wahl sollten immer Lebensmittel sein, die wesentliche Mengen an essenziellen und einfach notwendigen Nährstoffen beinhalten und dabei so wenig Kalorien wie möglich.

Wenn du dieser Regel folgst, enthält die Liste an wertvollen Proteinquellen: mageres Fleisch, magere Milch und Joghurt, etwas Käse und Fisch. Und jedes dieser Nahrungsmittel ist auch eine außergewöhnlich gute Quelle für andere essenzielle Nährstoffe.

Wie viel brauchst du? Du brauchst insgesamt etwa 50 Gramm Proteine am Tag, also triff eine gute Wahl. Nur als ein Beispiel: Ein Fischfilet mit 200 Gramm reicht dafür aus und bietet hochwertige Proteine.

Proteine sind ausgezeichnet für Wachstum und Entwicklung, das Immunsystem und schöne Haare und Nägel, aber sie haben noch eine weitere Stärke – sie machen dich satt! Also hab keine Hemmungen, wenn es darum geht, eiweißreiche Speisen zu essen. Natürlich sollte man es auch nicht übertreiben. Vielleicht machen das manche deiner Freunde, die auf Bodybuilding stehen und deshalb Proteinshakes (etwa aus „Whey“ = Molkenpulver) trinken. Das absolute Maximum an Proteinen für dich sind 168 Gramm am Tag!

Wenn dich eine Mitschülerin fragt, die es genau wissen will, kannst du ihr sagen, dass Experten als maximale Menge am Tag drei Gramm pro Kilogramm Körpergewicht ermittelt haben, so kann sie es dann selbst für sich ausrechnen.

Proteine sind nicht allein. Sie sind nur eine Art von Nährstoffen, die zusammen mit vielen anderen in unserem Essen vorkommen, die teilweise weniger gesund sind. Du kannst das Fett vom Fleisch weglassen, schneide es einfach ab und lass es auf dem Teller liegen. Du brauchst keine Sahne oder Sauerrahm – sie stammen von der Milch, sind aber fast reines Milchfett, super wenn du Gewicht zulegen musst. Für deine Freundin, die nur 43 Kilogramm wiegt, ist ein Frühstück mit Sahne oder Sauerrahm perfekt – und ein bisschen Tiramisu als Nachtisch!

Auch panierte Schnitzel oder diese wunderbaren Fleischklößchen in Sauce solltest du eher vermeiden, weil sie unnötige Kalorien enthalten. Und wieder: Für deine Mitschülerin, die zunehmen möchte, sind sie die ideale Wahl.

FETTE, OHNE DIE DU NICHT WÄCHST – NICHT ALLE FETTE SIND SCHLECHT!

Nichts Frittiertes oder Paniertes, nur fettarmen Joghurt und bloß keine Eier und keinen Speck und so weiter. Alles ist verboten! Fetten wird an einer Reihe ungesunder Auswirkungen die Schuld gegeben, unter anderem Fettleibigkeit. Aber irgendwie haben wir mittlerweile völlig verdrängt, dass noch nie völlig fettfreie Diäten empfohlen wurden! Manche Fette sind nicht nur nicht schädlich, sondern absolut unersetzlich.

Das wurde zum ersten Mal an Babymäusen beobachtet, die nicht wachsen konnten, als man ihnen Nahrung ohne diese bestimmten Fettsäuren gegeben hat. Und daher muss Ersatzmilch, mit der Babys anstelle von Muttermilch großgezogen werden, immer diese Fettsäuren enthalten! Und sie bleiben auch im ganzen späteren Leben notwendig.

Sie heißen Alpha-Linolensäure (ALA) und Linolsäure (LA). Du kannst sie nicht aufs Brot streichen oder über den Salat gießen. Sie sind also für sich keine Lebensmittel, sondern kommen nur als Teil von anderen Lebensmitteln vor.

Sie kommen in WALNÜSSEN und einigen anderen Nüssen vor, in LEINSAMEN und verschiedenen pflanzlichen Speiseölen und auch in Aufstrichen wie HUMMUS und AJVAR (Paprikapaste).

LA ist fast überall enthalten, aber für ALA gilt das nicht. Es geht also vor allem um die Versorgung mit ALA. Mit vier ganzen Walnüssen deckt ein Mädchen in deinem Alter schon seinen Tagesbedarf, das entspricht etwa 1,3 Gramm.

Aber damit ist das Thema noch lange nicht abgeschlossen. Mädchen in deinem Alter brauchen sehr viel mehr als das: im Idealfall etwa 80 Gramm Fett, und zwar verschiedene Sorten. Würdest du lange Zeit auf sie verzichten, könntest du ernsthafte Veränderungen wahrnehmen. Du würdest etwa keine Periode mehr bekommen und deine sexuelle Entwicklung würde sich verlangsamen. Für dich und Frauen ganz allgemein liegt die Grenze bei 20 % Fettanteil an der täglichen Energiegewinnung. Für Männer liegt sie sogar nur bei 15 %!

Das ist ein weiterer Grund, wieso du auf Wasserfasten und radikale Obstdiäten verzichten solltest.

VITAMINE, MINERALIEN UND ANDERE NÄHRSTOFFE

Um sie unter einem Begriff zusammenzufassen, geht es hier um Mikronährstoffe. Das sind Nährstoffe, die keine Energie liefern, keine Kalorien, aber ohne die kein Prozess im Körper funktionieren würde, weder die Bereitstellung von Energie noch die Energieverbrennung.

Alle Vitamine – es gibt 13, von Vitamin A über die Vitamin-B-Gruppe, die Vitamine C, D, und E bis hin zu Vitamin K, – sind lebensnotwendig. Unser Körper kann einige davon selbst herstellen, aber die meisten müssen von außen zugeführt werden!

Nur als Beispiel: Vitamin B12 und Vitamin K stellen unsere zahlreichen kleinen Mitbewohner in der Darmflora her. Sie produzieren auch ein paar andere B-Vitamine, nur aber nicht so viele, dass wir uns auf sie verlassen könnten. Tatsächlich erzeugen unsere Untermieter die Vitamine hauptsächlich zu ihrer eigenen Versorgung, und für den Gastgeber, den großen Körper, bleibt nur der kleine Überschuss.

Tatsächlich hören wir ja schon in der Vor- oder Grundschule zum ersten Mal von Vitaminen, aber irgendwie ist es schwierig, sie sich alle zu merken. Versuchen wir es also möglichst kurz zusammenzufassen.

Frisches Obst und Gemüse enthält vor allem drei Vitamine: A, C und K, erkennbar an der Farbe.

In dunkelgrünen Sorten steckt Vitamin K im Überfluss, orangfarbene und rote enthalten Provitamin A, und Vitamin C finden sich in Obst und Gemüse jeder Farbe, aber besonders in roter Paprika, Kiwi und Orangen.

Vitamin A ist wichtig fürs Immunsystem. Hat ein Mensch zu wenig davon, leidet er häufiger unter Infektionen, die außerdem langsamer heilen. Der Körper stellt es aus Betacarotin her, dem orangefarbenen Stoff in Kürbissen und Möhren! Aber Vitamin C müssen wir mit unserem Essen zu uns nehmen, weil der Körper es nicht herstellen kann. Es ist absolut unersetzlich für den Aufbau der Knochen und des Bindegewebes, also: für das Wachstum. Wenn du nur knappe Reserven hast, kannst du sie in wenigen Tagen, allerhöchstens wenigen Wochen leeren – deshalb solltest du jeden Tag etwas davon zu dir nehmen!

Acht verschiedene Substanzen sind bis jetzt bekannt, die unter dem Begriff B-Vitamine zusammengefasst werden. Gemeinsam ist ihnen, dass sie notwendig zur Umwandlung von Proteinen, Fett und Kohlenhydraten sind. Nicht alle sind in denselben Lebensmitteln enthalten. Nur die ersten drei (B1, B2 und B3) kommen in Hefe, Vollkorn und Produkten daraus vor.

Vitamin B12 kommt nicht in pflanzlicher Nahrung vor, auch B6 und B7 finden sich vor allem in FLEISCH, EIERN und MILCH. Der Rekordinhaber für Vitamin B ist aber LEBER!

Mach dir keine Sorgen darüber, dass sie wegen des hohen Cholesteringehalts für manche älteren Menschen verboten ist. Das hat nichts mit dir zu tun!

Vitamin E kommt zusammen mit guten Fetten vor. In pflanzlichen Ölen, Mandeln, verschiedenen Körnern und Sprossen und in dunkelgrünem Gemüse wie Spinat und Mangold.

Vitamin D ist die Ausnahme, weil der Körper es bildet, allerdings ist dazu auch die Sonne nötig. Es kommt selten in Lebensmitteln vor, außer in Fischöl, Kaviar und ähnlichen Produkten. Unsere übliche Ernährung enthält also nicht so viel davon, wie nötig wäre. Die einzigen Möglichkeiten, größere Mengen davon zu sich zu nehmen, sind Sonnenbaden und Nahrungsergänzungsmittel.

Wie viel Sonne wir brauchen, hängt von der Jahreszeit, der geografischen Lage und der Hautfarbe ab. Mit mittelheller Haut, wirst du 15 MINUTEN AM STRAND brauchen oder ein paar Stunden draußen im Park, wenn du Kleidung trägst. Du musst also nicht brutzeln, um Vitamin D herzustellen.

Im Winter brauchst du etwas mehr Zeit in der Sonne, da du mehr Kleidung trägst und das Sonnenlicht in einem spitzen Winkel auf die Erde trifft. Je mehr Haut der Sonne direkt ausgesetzt ist, desto schneller wird das Vitamin D produziert. Andersrum brauchst du umso mehr Sonne, je kürzer sie scheint und je dicker du dich anziehst. Das stimmt insbesondere, wenn du dunklere Haut hast.

Vitamin D wird auch im Solarium erzeugt. Aber diese Art von Sonnenbad ist allgemein nicht zu empfehlen. Vor allem sollte man nicht in ein Solarium gehen, wenn man sich nicht sicher ist, dass dort hochwertige Lampen verwendet werden, die ausreichend UV-B abstrahlen. UV-B ist die Sorte von UV-Strahlung, die zur Vitamin-D-Produktion benötigt wird. Andernfalls können Sonnenbänke auch extrem gefährliche Hautveränderungen verursachen.

Wenn du nicht gerne in der Sonne liegst, nimm einfach Vitamin-D-Tabletten. Natürlich in Absprache mit deinem Arzt.

Es gibt 14 Mineralien und Spurenelemente, die lebenswichtig sind. Aber wir müssen nicht auf alle eingehen. Sie sind in der Natur so weit verbreitet, dass du praktisch jedes Mal, wenn du etwas isst, einige davon aufnimmst – es sei denn, du machst eine Wasserdiät!

Wir gehen hier nur auf diejenigen ein, bei denen ein höheres Risiko besteht, dass du zu wenige oder gar keine aufnimmst – vor allem, wenn du einen schlechten Ernährungsplan oder eine unpassende Diät machst. Das sind Calcium, Eisen, Zink, Jod und Selen.

JOGHURT

Calcium ist absolut grundlegend für den Aufbau von Knochen und Zähnen ... und so viel mehr. Aber für dich ist es am wichtigsten, die Reserven in deinen Knochen aufzufüllen, damit sie nicht porös und spröde werden. Ja, tatsächlich! Wenn es, neben Eiweiß, nicht genug Calcium gibt, ist es schwierig, genug Knochenmasse aufzubauen, und wenn du erwachsen bist, werden deine Knochen innen relativ hohl sein.

Die Knochen füllen sich etwa im Alter von 17 oder 18 Jahren, dann erreichen sie eine Dichte von 90 % ihrer endgültigen Dichte. Das ist die empfindlichste Phase für eine ausreichend hohe Calciumzufuhr.

Ein bisschen kann im Alter von 25 bis 30 Jahren noch ausgeglichen werden, aber nie ganz. Die empfohlene tägliche Menge für Mädchen zwischen 12 und 18 sind 1300 mg!

Ideale Quellen für Calcium sind Milch und Milchprodukte (von Kuh, Ziege oder Schaf), wie Joghurt und Käse.

Ein Becher Joghurt enthält 400 mg Calcium und 100 Kalorien.

Ein Esslöffel Parmesan enthält 150 mg Calcium bei 60 Kalorien.

Calcium ist noch einer dieser Nährstoffe, die während all dieser sogenannten Entgiftungen einfach nicht bereitgestellt werden können. Oder während anderer Ernährungskonzepte, die sich auf Obst und Gemüse beschränken. Oder während jeglicher Diät, die auf Milch und Milchprodukte verzichtet, selbst wenn sie durch Produkte wie Mandel- oder Reismilch ersetzt werden.

Obwohl es sehr viel Calcium in Gemüse und Getreide gibt, kann nur sehr wenig davon genutzt werden. Es ist an die umgebenden Stoffe gebunden, an Phytate und Oxalate, und daher nicht frei zur Verwendung.

Menschen, die solche milchfreien Ernährungspläne verfolgen, sollten täglich zumindest zwei Calciumtabletten zu sich nehmen.

EISEN ist besonders wichtig für Mädchen und junge Frauen. Sie brauchen fast doppelt so viel wie Jungen und junge Männer im selben Alter. Aber trotzdem scheint es, als ob Jungen mehr Fleisch und Eier essen würden als Mädchen. Mit Eisen verhält es sich ähnlich wie mit Proteinen. Leicht verwertbares Eisen stammt von FLEISCH, FISCH und EIERN, dagegen ist Eisen aus Gemüse leider viel schlechter verfügbar.

Sicher weißt du bereits, dass Eisen notwendig ist, um den Sauerstoff zu allen Zellen im Körper zu transportieren. Wenn das aufgrund eines Eisenmangels nicht gut funktioniert, leiden alle Zellen darunter. Mit zu wenig Eisen im Blut bist du müde, lustlos und schläfrig. Ein Glas Rote-Bete-Saft hilft dir in so einem Fall von Blutarmut nicht ausreichend. Damit allein kannst du nicht genug Eisen aufnehmen. Denn Rote Bete hat nur halb so viel Eisen wie Fleisch und enthält kein Vitamin C. Rote Bete ist also auf jeden Fall eine schlechte Wahl.

Es gibt bessere pflanzliche Eisenquellen, etwa Bohnen. Sie können eine vernünftige Wahl sein, wenn du sie mit etwas kombinierst, das viel Vitamin C enthält. Zum Beispiel wäre ein Salat aus roter Paprika ein idealer Partner für die Bohnen. Pflanzliche Eisenquellen sind nicht ideal, aber in Kombination funktionieren einige von ihnen ausgezeichnet.

Wenn du zu wenig Eisen zu dir nimmst, wirst du das nicht sofort bemerken. Der Vorrat im Körper wird abgebaut. Wenn er leer ist, dauert es sechs Monate, ihn wieder aufzufüllen, sogar mit verschriebenen Eisentabletten! Während dieser Zeit werden also viele deiner Körperfunktionen nur minimal arbeiten.

Ein anderes Problem ist, dass Eisenpräparate oft ziemlich unangenehm schmecken. Deshalb mag sie eigentlich niemand besonders. Abgesehen davon, dass es gesünder für dich ist, schmeckt das Eisen aus der Nahrung also auch noch besser.

Du brauchst 15 bis 18 Gramm Eisen am Tag. Es ist nicht leicht, so viel Eisen aufzunehmen, wenn du nicht gelegentlich Leber isst. Aber auch andere Sorten Fleisch, Fisch und Eier enthalten recht viel davon. Du solltest aber täglich etwas davon essen, um genug Eisen für deinen Körper zu bekommen.

Als Letztes stehen Jod und Selen auf der Liste, von denen in Fisch und Meeresfrüchten meist viel enthalten ist, viel weniger dagegen in solchen Speisen, die auf dem Feld gewachsen sind. Das Problem des Jodmangels wurde in unserer Gesellschaft dadurch gelöst, dass dem Speisesalz Jod hinzugefügt wird. Es ist also nicht schlecht, wenn du dein Essen ein wenig salzt, vor allem dein Gemüse. Ein Teelöffel Salz am Tag ist genug.

Selenmangel ist ebenfalls ein Problem in manchen Teilen der Erde, und viele haben entschieden, es der Nahrung zuzufügen oder dem Wasser, mit dem das Getreide gegossen wird. Deutschland gilt allgemein als Selenmangelgebiet. Da ich nicht weiß, wo genau du lebst, während du dies liest, wäre es am besten, deinen Arzt zu fragen, ob du Selen zur Nahrungsergänzung einnehmen solltest. Zu viel Selen kann äußerst giftig sein. Oder, was noch besser wäre, ob du deinen Ernährungsplan um regelmäßige Anteile an Fisch und Meeresfrüchten ergänzen solltest.

WOVON BRAUCHEN MÄDCHEN VIEL MEHR ALS JUNGEN?

Wie du etwa bereits beim Thema Eisen gelesen hast, gibt es Nährstoffe, von denen Mädchen mehr brauchen als Jungen. „Na gut, dann sollten sie eben mehr essen!“, könnte man sagen. Aber damit gehen natürlich auch mehr Kalorien einher. Und das wollen wir ja vermeiden. Wir wollen besser Essen und nicht mehr. Das ist unsere Regel für vernünftige Ernährung.

Jugendliche Mädchen brauchen unbedingt mehr Eisen und Folsäure als Jungen. Außerdem sollten wir Calcium nicht vergessen und auch einige gute Fette – wenn es nicht genug davon gibt, stellt das für junge Frauen ein viel höheres Risiko dar als für junge Männer. Jungen leiden später nicht so oft unter Osteoporose und können keine Probleme mit ihrer Periode haben. Mädchen dagegen schon.

Wenn wir das in Ernährung übersetzen, klingt es etwa so: Fleisch, Fisch, Leber, Eier, Milch, Joghurt, Käse, Mangold! Sie alle sind eine gute Quelle für diese Nährstoffe, die du täglich brauchst!

Und nicht zu vergessen all die anderen: Karotten, Aprikosen, Kürbis, Orangen, Erdbeeren und Broooot!

Du wirst bald erkennen, dass sie sich alle wunderbar mit deinem Wunsch nach gutem Aussehen vertragen.

WIE VIEL ENERGIE BZW. KALORIEN BRAUCHST DU?

Energie ist kein einzelner essenzieller Nährstoff, aber sie ist notwendig, damit der Organismus funktioniert. Sowohl für alle Basisfunktionen als auch für zusätzliche Funktionen. Zu den Basisfunktionen gehören dein Herzschlag, dein Atem, deine Körpertemperatur! Zusatzfunktionen sind zum Beispiel Wachstum, Gehen, Laufen, Sport. Unsere wichtigste Energiequelle sind Kohlenhydrate. Sie stellen vier Kalorien pro Gramm zur Verfügung, ebenso die Proteine. Fett liefert am meisten, etwa neun Kalorien pro Gramm.

Je höher der Fettanteil, desto mehr Kalorien hat das Essen. Daher liefert Olivenöl zum Beispiel 880 Kalorien je 100 Gramm, weil es reines Fett mit einigen Vitaminen ist. Zucker dagegen, egal ob weiß, braun, Fruchtzucker oder Traubenzucker, liefert 400 Kalorien. Diese Lebensmittel, reines Fett und Zucker, sind seltene Ausnahmen von der Regel. Die lautet, dass natürliche Lebensmittel stets eine Mischung aus Kohlenhydraten, Fetten und Proteinen in unterschiedlichen Mischungsverhältnissen sind. Diättheorien, die Effektivität darin suchen, Nährstoffe nicht zu mischen, auch Trennkost genannt, entzieht das den Boden. Das ist ein Argument für dich, wenn dir irgendwelche Diätwunder versprochen werden. Jedes Lebensmittel außer reinem Wasser hat einen bestimmten Kaloriengehalt, auch Brennwert genannt.

Eines der Grundgesetze der Thermodynamik sagt in etwa Folgendes: Energie kann nicht aus dem Nichts entstehen oder verschwinden, sie ändert nur ihre Form. Das gilt überall in der Natur und sogar in unserem Körper. Wenn sie gerade nicht für den Stoffwechsel gebraucht wird, speichert der Körper sie für später ab.

Energiereserven, die der Körper anlegt, sind Kohlenhydrate – Zucker im Blut und Glykogen in Muskeln und Leber; Fett in Form von Triglyceriden im Fettgewebe; Proteine, die immer Teil der verschiedenen Gewebearten sind, am offensichtlichsten in der Haut und den Muskeln. Immer wenn du keine Energie durch Nahrung aufnimmst, weil es keine Nahrung gibt oder mit Absicht, während einer Diät, muss sich dein Körper an diesen Reserven bedienen. Wie und wofür die gespeicherte Energie als Erstes genutzt wird, sehen wir später noch.

Wie viel Energie man braucht, hängt vom Geschlecht, dem Alter und dem Maß an körperlicher Aktivität ab. Männer, jüngere und aktive Menschen brauchen im Allgemeinen mehr Energie.

Speziell für Mädchen im Alter von etwa 14 bis 16 Jahren liegt der Bedarf für die alltäglichen Basisfunktionen etwa bei 1400 Kalorien! Für normale Aktivitäten wie Sitzen, Lernen und so weiter brauchst du 600 Kalorien extra. Wenn du mit deinem Hund rausgehst und ihm hinterherläufst, steigt der Kalorienverbrauch auf 2400 und so weiter. Dein Energiebedarf steigt deutlich mit dem Maß an körperlicher Aktivität.

Oft wird das durch Faktoren körperlicher Aktivität ausgedrückt, angefangen beim Faktor 1,0, der der völligen Ruhehaltung als Ausgangsposition entspricht. In deinem Fall sind das also die 1400 Kalorien.

Den täglichen Gesamtkonsum kannst du berechnen, wenn du diese Zahl mit dem Faktor multiplizierst, der die tägliche Stoffwechselaktivität, also zum Beispiel sportliche Aktivitäten, enthält. Bei minimaler Aktivität, wenn man fast den ganzen Tag im Sitzen oder Liegen verbringt, ist der Faktor 1,4. Durch Spazierengehen, Hausarbeiten usw. steigt der Faktor auf 1,7. In deinem Fall sind das 2400 Kalorien. Aber da kommst du noch nicht ins Schwitzen! Wenn du zusätzlich Sport treibst und dich allgemein viel bewegst, steigt der Faktor auf 2,2, vielleicht sogar noch mehr. Für aktive Athleten – das nur zum Vergleich – liegt der Faktor bei 3,5 und mehr.

Aus medizinischer Sicht gilt heute ein Faktor von 1,7 an körperlicher Aktivität als Minimum für gute Gesundheit.

Aus dieser Perspektive kann dein Kalorienbedarf zwischen 2000 und 3100 Kalorien liegen, abhängig davon, wie viel Bewegung in deinem täglichen Rhythmus enthalten ist. Geschlecht und Alter kannst du nicht wechseln, aber dein Maß an körperlicher Aktivität bestimmst du selbst.

Als es ums Wachstum ging, haben wir viel über die Rolle der essenziellen Nährstoffe gesprochen. Um sie wirklich dafür zu nutzen, ist zusätzliche Energie nötig. Kohlenhydrate haben einen Proteine sparenden Effekt! Sie erlauben den Proteinen, neue Verbindungen einzugehen und andere wichtige Rollen zu übernehmen, statt für die Energiegewinnung verwendet zu werden.

An zusätzlicher Energie für das Wachstum sind in deinem Fall durchschnittlich 25 Kalorien am Tag nötig. Das ist nicht viel, ein bisschen mehr als ein Teelöffel voll Zucker. Das scheint keine große Sache zu sein, verglichen mit dem sonstigen Kalorienverbrauch, aber in so übertriebenen Diäten, in denen kaum mehr als Wasser konsumiert wird, entwickeln sie sich zu einer ganz dramatischen Angelegenheit, weil sie dem Körper fehlen. Wie dieser Spruch, den du vielleicht schon einmal gehört hast: Geld ist nicht wichtig, außer man hat keins! Es gibt Berechnungen, die besagen, dass dein Körper täglich fünf Gramm neues Gewebe bildet – das ist natürlich schwer zu messen.

sugar
???

Das geschieht jedoch täglich, etwa den ganzen Sommer über. Wenn du die fünf Gramm mit 90 Tagen multiplizierst, ist das eine ganz schöne Menge, die sich auch messen lässt. Vielleicht hat dein Körper geplant, deinen Brustkasten zu erweitern, sodass er ein paar 100 Gramm an Brustmuskeln und Knochen hinzufügen möchte. Wenn du zu diesem Zeitpunkt mit einer Diät anfangen würdest, stünden deinem Körper die 25 extra Kalorien nicht zur Verfügung. Dein Körper wird das Nötige dann aus den Reserven nehmen, um die Vitalfunktionen des Herzens, der Lunge und des Stoffwechsels bereitzustellen. An allem anderen spart der Körper dann aber. Das bedeutet, dass dein Brustkorb in diesem Sommer nicht wächst!

ZUCKER UND KOHLENHYDRATE – WERDEN SIE ZU RECHT DÄMONISIERT?

Manche Proteine und Fette sind lebensnotwendig, aber wie ist es mit Kohlenhydraten? Sie sind nicht lebensnotwendig, braucht man sie also überhaupt? Sollten wir ganz auf sie verzichten, wie manche Leute vorschlagen?

Von all den Kalorien, die du benötigst, sollte wenigstens die Hälfte von Kohlenhydraten stammen, sagt die Wissenschaft. Andererseits sind Brot oder andere stärkehaltige Lebensmittel das Erste, was die meisten Leute aus ihrem Ernährungsplan werfen, wenn sie eine Diät machen. Als Zweites kommen dann Süßigkeiten, weil das die zweitschlimmsten Übeltäter sind, wenn es ums Zunehmen geht. Jedenfalls liest man das immer wieder!

Kann es sein, dass so viele Experten falsch liegen, oder liegt der Knackpunkt vielleicht ganz wo anders, vielleicht bei der Kombination von Lebensmitteln?

Die Frage ist: BRAUCHEN WIR ZUCKER WIRKLICH? Wenn du das Gehirn fragst: Das liebt Zucker am meisten. Zucker ist der beste Treibstoff! Wenn es dazu gezwungen wird, verbraucht es tatsächlich auch Ketonkörper – Verbindungen, die in großen Mengen während dieser extremen kohlenhydratfreien Eiweiß-Fleisch-Diäten hergestellt werden. Es wird sie verbrauchen, aber es wird nicht glücklich sein und nicht optimal arbeiten. Ein anderes „Organ", das nur mit Zucker funktioniert, sind die roten Blutkörperchen, die für den Sauerstofftransport nötig sind, und du weißt ja, wir sind aerobe Wesen und können ohne Sauerstoffatmosphäre nicht leben. Außerdem: Wenn der ganze Körper hohem Stress ausgesetzt ist, zum Beispiel durch körperliche Anstrengung, ist Zucker immer noch der beste Treibstoff, weil er ohne Sauerstoff Energie zur Verfügung stellen kann.

Alle anderen Organe, einschließlich der Muskeln, können auch Fettsäuren und Aminosäuren verwenden. Sie sind die Abbauprodukte von Fetten und Proteinen, die sowohl aus den verschiedenen Speisen als auch aus den Reserven gezogen werden.

Es stimmt zwar, dass rote Blutzellen nur Zucker brauchen, um zu funktionieren, und dass das Hirn Zucker bevorzugt. Aber andererseits ist der Organismus notfalls auch in der Lage, selbst echten Zucker und andere Substanzen herzustellen. Hier werden verschiedene Begriffe durcheinandergeworfen. Denn es gilt klar zu definieren: notwendig ist nicht essenziell. Zucker ist notwendig für die Hirnfunktion. Er kann auch durch Stärke bereitgestellt werden, was ebenso häufig geschieht. Komplexe Kohlenhydrate wie Stärke werden im Körper zu einfachem Zucker, Dextrose, umgewandelt und kommen so zu den Zellen und ins Gewebe.

Wieso bevorzugt die Wissenschaft dann Stärke? Stärke unterscheidet sich von einfachen Zuckern dadurch, dass sie langsamer verstoffwechselt wird, wodurch der Blutzuckerspiegel weniger plötzlich ansteigt als beispielsweise beim Verzehr von Saft oder Honig!

Fruchtzucker, Fruktose, ist ein freies Monosaccharid, auch Einfachzucker genannt. Es steht sofort als Energiequelle zur Verfügung. Wenn du gerade etwa aufgrund großer körperlicher Anstrengung dringend Energie brauchst, hat Fruktose auf jeden Fall einen klaren Vorteil. Wenn du sie gerade nicht unbedingt brauchst, zum Beispiel wenn du sitzt oder liegst, wandert die Fruktose in deine Reserven, teils als Glykogen, aber hauptsächlich als Fett. Haushaltszucker, egal ob weiß oder braun, nennt man auch Saccharose, und diese besteht zu gleichen Teilen aus Fruktose und Glykose. Er wird viel schneller verdaut als Stärke.

Um es kurz zu machen: Alle verdaubaren Kohlenhydrate stellen Blutzucker zur Verfügung, aber in unterschiedlicher Geschwindigkeit und mit mehr oder weniger Unterstützung durch Hormone.

Du kannst schnell mal zwei Gläser Saft trinken, aber die 40 bis 60 Gramm Zucker, die darin enthalten sind, musst du dann auch verbrauchen, sonst werden sie den Körperreserven hinzugefügt. So viel kann der Körper nicht auf einmal im Blut haben. Der Zucker wird aber nicht nur in Fett umgewandelt, sondern der Zucker verbindet sich auch mit bestimmten Zellproteinen, wodurch die Zellen schneller altern, was natürlich nicht wünschenswert ist.

Ich werde dich nicht zu sehr mit dem Thema Hormone nerven, etwa mit Insulin, welches die Verarbeitung von Zucker reguliert. Wenn es dich wirklich interessiert, gibt es aber viele medizinische Internetseiten, die sich damit befassen, meist im Zusammenhang von PCO-Syndrom und Problemen mit der Periode.

Empfehlenswert ist, nicht mehr als zehn Prozent des täglichen Energiebedarfs durch „freie Zucker“ zu decken. Freie Zucker beinhalten künstlich hinzugesetzten Zucker, aber auch den natürlich vorkommenden Zucker in Fruchtsaft. Weißer, brauner Zucker, Fruktose oder Dextrose, in der Keksfabrik zugefügt, zu Hause beim Kuchenbacken oder in der Teetasse – sie alle zählen dazu.

Für dich sind 50 bis 75 Gramm oder zehn bis 15 Esslöffel freier Zucker das Maximum. Denke daran, dass die Fruktose aus Früchten nicht dazu zählt, aber dieselbe natürliche Fruktose im Fruchtsaft schon.

Zucker wird vielen Lebensmittel hinzugefügt, die als gesund bezeichnet werden: Haferflocken und andere Haferprodukte fürs Frühstück und salzige oder scharfe Fertigsoßen für Pasta. Auch Fruchtjoghurts sind wahre Zuckerfallen. 100g Fruchtjoghurt beinhalten je nach Sorte etwa so viel Zucker wie 60 Gramm Eiscreme.

Diese versteckten Kalorien aus Zucker solltest du unbedingt vermeiden, auch wenn du zu Hause Tomatensaft, Smoothies, Milch oder Joghurt mit Früchten zubereitest. Trinke Milch oder Tee ohne Zucker. Sie haben einen eigenen Geschmack, den man auch schmecken sollte. Die Menge an Zucker, die du essen darfst, solltest du auch richtig würdigen, indem du etwa richtige Süßigkeiten isst – wie Kuchen oder Schokolade.

Insgesamt bedeutet das, dass weder die Experten sich irren noch liegt es an der Kombination. Das Problem besteht vielmehr darin, wie gut der Zucker in vielen Lebensmitteln getarnt ist.

Zucker ist weder giftig, wie man recht häufig hört, noch ist er für sich genommen schädlich. Die Menge ist es, die uns Probleme

schafft. Nicht nur dass er getarnt ist, Zucker schmeckt auch sehr gut, und es fällt leicht, mehr davon zu essen, als wir brauchen. Manche nennen das Sucht. Allerdings gibt es keinen wissenschaftlichen Beweis dafür, dass es sich wirklich eine Sucht handelt. Aber wir lieben Zucker vom Augenblick unserer Geburt an!

Dasselbe gilt für Brot. Jetzt sagst du vielleicht: Na, dann lass ich es eben einfach weg. Aber auch das hat noch kein Ernährungswissenschaftler empfohlen. Wieso wohl? Weil das Hirn am besten mit Zucker arbeitet (und Kohlenhydrate werden im Körper in Zucker umgewandelt). Während einer Diät ohne Kohlenhydrate klagen Menschen oft über Kopfschmerzen oder sogar schwere Depressionen. Der zweite Grund sind die B-Vitamine, um die es früher schon einmal ging. Sie kommen vor allem in Getreide vor.

Der dritte Grund liegt bei unserer Darmflora. Denn sie liebt unverdauliche Kohlenhydrate, die in Kleie enthalten sind – in der äußeren Schale der Körner. Sie sind praktisch die einzige Nahrung für sie und für die Zellen in der Darmwand. Sie sind die grundlegende und wichtigste Barriere, die eindringende Infektionserreger und Allergene in deinem Organismus aufhalten, nicht nur mechanisch, sondern auch durch die Herstellung von Antikörpern, und dazu halten sie uns auch noch schlank! Doch wenn sie nicht genug von diesen komplexen Kohlenhydraten bekommen, machen diese freundlichen Bewohner unseres Darms Platz für unfreundliche Bakterien, Viren und Pilze, die Fett, einfache Zucker usw. genießen.

Nicht zuletzt ist stärkereiches Essen lecker und eine gute Basis für eine wunderbare Mahlzeit, etwa ein Sandwich zum Frühstück, Pfannkuchen mit Marmelade, Risotto mit Pilzen, Pasta mit Meeresfrüchten.

Aber nicht nur das! Die zähesten Menschen der Welt, die Tarahumara-Indianer im Norden Mexikos, bekommen mehr als drei Viertel ihrer Kalorien durch Stärke. Und sie sind dabei auch noch extrem dünn!

Kurz gefasst: Glukose ist die beste Energiequelle für das Gehirn, Kohlenhydrate sind die beste allgemeine Energiequelle, Proteine und manche Fette haben andere unerlässliche Rollen im Körper. Wenn das Protein nicht die Rolle der Kohlenhydrate übernehmen muss, wirken sie fantastisch für Wachstum und Entwicklung!

WASSER IST IMMER WICHTIG – BESONDERS WÄHREND EINER DIÄT

Unser Organismus besteht hauptsächlich aus Wasser. Es macht mehr als die Hälfte unseres Körpergewichts aus, egal wie alt wir sind.

In der frühen Kindheit ist der Anteil sogar noch deutlich höher, wenn wir älter werden, wird er kleiner. In deinem Fall sind es 55 % bis 60 %, das sind 32 Kilogramm! Wasser ist extrem mobil, und wir verlieren viel davon, wenn es durch unsere Nieren ausgeschieden wird, auf dem Klo, über die Haut und die Lunge. Normalerweise verlieren wir mehr als zwei Liter am Tag. Aber wenn es warm ist oder du intensiv Sport treibst, kannst du mehr als drei oder vier Liter verlieren. Das musst du alles ersetzen, damit der Körper immer gut mit Wasser versorgt ist und optimal funktioniert.

Es gibt keine Nährstoffe im Wasser, auch keine Kalorien, aber wir brauchen es. Wasser spielt verschiedene Rollen, formt bestimmte Organe, etwa die Augäpfel, erhält den Farbton der Haut, reguliert die Körpertemperatur. Es ist auch das Schlüsselmedium, um verschiedene wasserlösliche Nährstoffe und Sauerstoff zu transportieren, es gibt ohne Wasser also keinen Energiestoffwechsel.

Wie viel Wasser wir brauchen, hängt hauptsächlich vom Energieverbrauch und vom Klima ab. Normalerweise braucht man einen Milliliter Wasser je Kalorie. Bei dir wären es also zwei bis drei Liter täglich.

Und last, but not least: Unser Körper kann nicht mehr als 100 bis 150 Milliliter auf einmal verarbeiten. Wenn du an einem heißen Tag sehr durstig bist, ist das die Menge, die du alle 10 bis 15 Minuten aufnehmen kannst. So lange dauert es ungefähr, bis wieder Platz in unserem Magen und Darm ist, damit das Wasser vom Mund bis ins Blut wandern kann.

Wir bekommen einen Teil des Wassers durch feste Nahrung und einen Teil stellen wir durch Stoffwechselvorgänge her. Aber den größten Teil nehmen wir in flüssiger Form zu uns.

Tee, Saft, Milch und Getränke auf Milchbasis, eiskalte Erfrischungsgetränke oder einfach nur Wasser – was ist am besten?

Ganz einfach: Ganz normales, reines Wasser ist die Nummer eins!

Wasser ist ein toller Nährboden für verschiedene kleine Lebewesen und ein Lösungsmittel für viele giftige Chemikalien. Daher muss stets auf seine Sauberkeit geachtet werden. Die beste Qualität hat in unserem Teil der Erde das Leitungswasser. Wasser in Flaschen wird oft damit beworben, dass es eine bessere Quelle für Mineralien sei. Aber denk daran: Du brauchst eigentlich nur ein Molekül aus dem Wasser: H_2O, alles andere bekommst du aus der Nahrung.

Welche Rolle spielt Wasser in Diäten? In jeder Diät ist die Nahrungsaufnahme relativ beschränkt, daher ist die Menge an Wasser, die mit der Nahrung aufgenommen wird, etwas kleiner als normal. Deshalb lautet die Empfehlung, zwei bis drei Liter reines Wasser täglich zu trinken. Das gilt ganz besonders für solche Diäten, die sich auf proteinreiches Essen konzentrieren und auf Kohlenhydrate verzichten. Hier sollten in jedem Fall drei bis fünf Liter getrunken werden.

Solche Diäten sind nicht gut für deinen Körper, weil sie dazu führen, dass sich große Mengen Ketone in deinem Körper bilden, die beim Zitratzyklus, einem wichtigen Schritt bei der Energiegewinnung aus Nahrung, eine Rolle spielen. Diese Verbindungen haben harntreibende Eigenschaften, das bedeutet, dass sie die Menge an Wasser steigern, die der Körper abgibt, so kann es leicht zur Dehydration (Austrocknung) kommen.

Dehydration ist immer sehr unangenehm, weil sie die geistige Leistungsfähigkeit herabsetzt. Es fällt uns schwerer, uns zu konzentrieren und zu erinnern, wenn wir dehydriert sind. Wir werden verwirrt und tatsächlich befinden wir uns in einem Zustand, der dem Betrunkensein ähnelt, also als ob wir drei oder vier Gläser eines alkoholischen Drinks getrunken hätten.

Eine gute Versorgung mit Wasser trägt auch zu einem besseren Energiestoffwechsel bei. Menschen, die genug (Wasser) trinken, nehmen also mehr ab als solche, die das nicht tun.

WIE IST ES MIT ANDEREN GETRÄNKEN?

Magermilch und Joghurt haben einen hohen Wasseranteil von 90 %. Sie sind ausgezeichnet, um schnell den Wasservorrat wiederaufzufüllen, weil unser Körper sie besser aufnehmen kann als reines Wasser. Magermilch und Joghurt sind ideal, um sich nach schweißtreibender Aktivität schnell wieder zu erholen.

Die meisten anderen Getränke, wie Säfte und Energy-drinks bestehen zu 85 bis 90 % aus Wasser. Diese Getränke enthalten jedoch weitere Zutaten wie Zucker und Coffein, die sie recht fragwürdig machen.

Reine Fruchtsäfte standen lange Zeit auf der Liste beliebter, gesunder Nahrungsmittel. In letzter Zeit sind sie aufgrund ihres hohen Zuckeranteils davon verschwunden. Ohne weitere Zusätze enthalten sie 10 bis 15 Gramm Zucker je 100 Gramm Saft. Mit vielen anderen alkoholfreien Getränken ist es genauso.

Von der Menge an zusätzlichem Zucker (und damit zusätzlichen Kalorien, siehe die Tabelle am Ende des Buches), die erlaubt ist, bekommen wir schon die Hälfte in einem Glas (250 ml) Saft. Genau so viel wie in 50 Gramm Schokolade.

Also überleg dir selbst, ob es vielleicht besser ist, einfach ein Stück Obst zu essen, statt Saft zu trinken. Wie bereits erwähnt, zählt der Zucker im Obst nicht zum Limit.

WAS IST MIT KOFFEIN?

Heutzutage ist Koffein sehr weit verbreitet. Obwohl es eine Art Substanzabhängigkeit erzeugt, ist es sehr weitgehend erlaubt. Vielleicht ist es gerade deshalb bei Lebensmittelherstellern beliebt, weil es eine Gewohnheit erzeugt? Manche Menschen fühlen sogar Entzugssymptome wie Kopfschmerzen und Schlaflosigkeit, wenn sie plötzlich aufhören, Kaffee oder ein anderes koffeinhaltiges Lieblingsgetränk zu trinken.

Kleinere Kaffeesorten wie Espresso und Filterkaffee haben einen relativ geringen Koffeingehalt: Im Schnitt hat eine Tasse Filterkaffe etwa 70 bis 80 Milligramm und Espresso etwa 40 Milligramm.

Vielleicht trinkst du gar keinen Kaffee. Aber grüner Tee zum Beispiel enthält auch jede Menge Koffein, genauso viel wie Kaffee. Grüner und anderer Tee wird oft zur Entgiftung empfohlen.

Koffein ist in vielen Limonaden enthalten, und besonders viel davon findet sich in sogenannten Energydrinks. Auch Schokolade und viele Lebensmittel, die daraus hergestellt werden, enthalten es – Schokoriegel, Kekse, Speiseeis, heiße Schokolade. Und das kann zu Problemen führen.

Koffein ist ein leichtes Stimulans und hat in kleinen Mengen keine Giftwirkung.

Die Wissenschaft glaubt heute, dass eine Einzeldosis von bis zu 200 Milligramm oder eine Tagesdosis von maximal 400 Milligramm keinen Grund zur Sorge darstellt. Bei sensiblen Menschen, vor allem während sie wachsen, kann eine Dosis von 30 Milligramm zu beschleunigtem Herzschlag, Schlaflosigkeit oder Angststörungen führen. Lies deshalb die Nährwertangaben auf Lebensmitteln und Getränken. Es könnte passieren, dass du in kurzer Zeit große Mengen an Koffein zu dir nimmst, ohne einen Tropfen Kaffee zu schmecken.

Getränke, die Zucker und kleine Mengen Koffein beinhalten, können gut zum Flüssigkeitsausleich während anstrengender körperlicher Übungen sein.

Sportgetränke enthalten oft einige Mineralien. Es ist sinnvoll, sie während oder nach besonders anstrengenden Übungen zu trinken. Du kannst ein Sportgetränk zu Hause selbst machen. Du musst vier Orangen auspressen und einen Viertel Teelöffel Salz hinzufügen, einen Teelöffel Honig und einen Liter Wasser. Du könntest dieses Getränk trinken, während du Sport machst, besonders, wenn es heiß ist und wenn du länger als eine Stunde trainierst.

Es gibt ein weiteres verbreitetes Dilemma. Das betrifft die beste Temperatur für Getränke. Ist ein eiskalter Drink erfrischender oder ein heißer Tee? Weder noch! Man sollte weder eiskalt noch kochend heiß trinken. Jede Temperatur dazwischen, die angenehm ist, ist aus gesundheitlicher Sicht in Ordnung.

Wie wählt man die richtigen Zutaten?

Mach beide
Gehirnhälften glücklich,
die rationale
„DAS IST GESUND"-SEITE
und die emotionale
„DAS IST LECKER"-SEITE

Eine schlaue Diät bietet dir eine angemessene, ausgewogene Mischung von Nährstoffen mit der richtigen Menge an Kalorien. Aus wissenschaftlicher Sicht ist es klar: Das ist die Lösung für alle Probleme, die mit Nährstoffen zu tun haben, auch für Essstörungen, Gewichtsprobleme und Nährstoffmangel.

Selbst wenn du ein paar Kilogramm verlieren möchtest, musst du nicht auf angemessene Versorgung mit Nährstoffen und Sport verzichten. Klingt einfach, nicht? In der Praxis ist es etwas komplizierter, vor allem wegen all dieser Trends mit „wundersamen Stoffwechselreparaturen".

Für Anfänger sei gesagt, dass alle Lebensmittel, die es gibt, in vier Gruppen unterteilt werden. Um aus jeder Gruppe das richtige auszuwählen, haben wir ein paar einfache Kriterien. Mit ihnen kannst du das beste Essen auswählen und weißt, was du vermeiden solltest. Nicht zuletzt kannst du mit ihnen auch die richtigen Mengen bestimmen.

Du wirst deine eigene Essensliste aufstellen können und, vielleicht mit ein bisschen Hilfe deiner Eltern, auf verschiedene Weisen zubereiten. So wirst du in der Lage sein, beide Hälften deines Gehirns zu befriedigen, die vernünftige Seite, die sagt: „Das ist gesund", und die emotionale, die sagt: „Das ist lecker".

Die vernünftige Auswahl von hochwertigem Essen und die andere, die einfach vom persönlichen Geschmack bestimmt wird! Das ist die einzige langfristige Gewinnerkombination – eine angemessene Diät, die dir auch gefällt.

WO STECKEN DIE GUTEN NÄHRSTOFFE?

Du hast vielleicht in Biologie oder Chemie schon etwas über Nährstoffe, Proteine, Aminosäuren, Vitamine und so weiter gelernt. Was in der Schule keine Rolle spielt, aber im Leben – das ist die Frage: Was hat das alles mit Essen zu tun? Wo genau stecken all diese Nährstoffe? Fest steht: Abgesehen von wenigen Ausnahmen besteht jedes Lebensmittel aus Fett, Proteinen und Kohlenhydraten. Worin unterscheiden sich die unterschiedlichen Speisen dann? Es stimmt, dass alle Lebensmittel alle Hauptnährstoffe enthalten, aber in manchen stecken mehr Proteine, in anderen extrem viel Zucker oder jede Menge Fett.

Je nach dem, was überwiegt, werden alle Lebensmittel, die es gibt, in vier Gruppen eingeteilt:

Gruppe 1:

Getreide und stärkehaltige Lebensmittel

Gruppe 2:

Milch und Milchprodukte

Gruppe 3:

Fleisch, Fisch, Eier und proteinreiche pflanzliche Nahrungsmittel

Gruppe 4:

Obst und Gemüse

Obwohl die Lebensmittel innerhalb einer Gruppe sich bei der prinzipiellen Zusammenstellung der Nährstoffe ähneln, können sie sich bei den Kalorien erheblich unterscheiden. Innerhalb jeder Gruppe gibt es ausgezeichnete Quellen des jeweiligen Nährstoffs und solche, die es nicht sind.

Und das ist das Kriterium für eine schlaue Auswahl – hoher Nährwert, aber niedriger Kalorienwert.

Eine der Grundregeln für optimale Ernährung: jeden Tag zumindest ein Lebensmittel aus jeder Gruppe mit einem hohen Nährstoffgehalt.

GETREIDE UND STÄRKEHALTIGE LEBENSMITTEL

Hierunter fallen etwa Weizen, Hafer, Gerste, Roggen, Hirse, Mais, Reis und viele andere ähnliche Pflanzenarten, ebenso wie Buchweizen, Quinoa und andere. Außerdem finden wir hier stärkehaltige Gemüsesorten wie Kartoffeln und Pastinaken.

Welche davon sollte man nehmen?
Welche Zutaten sollte man auswählen?

Zunächst gibt es Thiamine, Riboflavin und Niacin – die Vitamine B1, B2 und B3.

Dann gibt es Nahrungsmittelfasern, die deine Darmbakterien lieben, und drittens, was all diese Lebensmittel gemeinsam haben, gibt es Stärke – ein komplexes Kohlenhydrat, das eine ausgezeichnete Zuckerquelle für dein Gehirn und deine roten Blutzellen darstellt.

Gute Beispiele für diese Gruppe beinhalten kein Fett und haben einen ordentlichen Proteingehalt von acht bis 15 Gramm pro 100 Gramm.

Nun, da wir die Kriterien kennen, ist es einfach. Das Beste in dieser Gruppe sind Vollkornprodukte, egal ob Weizen, Roggen, Gerste, Reis, Mais ...

Die Bestenliste aus dieser Gruppe beinhaltet alle Sorten von Brot aus Vollkorngetreide und Wasser, Hefe oder Ähnlichem.

Ein schönes kleines Stück Brot von 30 Gramm gibt dir 60 bis 90 Kalorien, was nur drei Prozent deines täglichen Bedarfs ausmacht, aber du bekommst dabei sieben bis zehn Prozent deines täglichen Bedarfs an B-Vitaminen, zehn Prozent des täglichen Bedarfs an Lebensmittelfasern und so weiter.

Vollkornbrot, Weißbrot, Roggenbrot, Gerstenbrot, Maisbrot – all diese Brotsorten haben vergleichbare Kalorienwerte. Der Bereich, in dem sie sich unterscheiden, ist der Vitamin-B-Gehalt, der bei Weißbroten etwas geringer ist. Weißbrot beinhaltet auch weniger Fasern – es passt also gut für jemanden, der eine faserarme Diät machen muss.

Ansonsten sollte, wer weniger Brot isst, auf jeden Fall Vollkornbrot aus 100 % Vollkorn wählen.

Das bedeutet nicht, dass Weißbrot, Nudeln und Reis schädlich oder giftig wären, wie man es manchmal lesen kann. Sie haben nicht so viele Nährstoffe. Aber es gibt auch viele Länder, in denen das Mehl mit den fehlenden Vitaminen wieder angereichert wird. Vielleicht wird sich das noch allgemein verbreiten, denn der Vorteil von Weißbrot liegt in der besseren Verdaulichkeit und der besseren Aufnahmemöglichkeit von enthaltenen Vitaminen und Mineralien.

Wie viel Brot brauchen wir? Für Mädchen in deinem Alter ist die Empfehlung 200 Gramm Brot am Tag oder vier Portionen eines entsprechenden Essens (wie groß so eine Portion jeweils ist, siehst du auf der nächsten Seite).

Selbst die strengsten Diäten zum Abnehmen empfehlen, täglich 100 bis 120 Gramm Brot oder einen passenden Ersatz am Tag zu essen, nie weniger!

Vergiss nicht die anderen Nahrungsmittel außer Brot, die ebenfalls zu dieser Gruppe zählen.

1. Gruppe:

Essen ohne zusätzliches Fett

eine Portion enthält 26 g Kohlenhydrate und 4 g Protein 1,5 g Fett, 135 kcal

- eine Scheibe Brot von 50 g (weiß, schwarz, Vollkorn, Roggen)
- 35 g Mehl, Schrot, Müsli, Couscous, Reis
- 35 g Nudeln
- kleine Tortilla, Pfannkuchen, Crêpes ohne Butter
- 150 g Kartoffeln, Mais, Erbsen
- ein größerer Baby-Maiskolben

2. Gruppe:

Produkte mit zusätzlichem Fett

eine Portion enthält 26 g Kohlenhydrate, 4 g Protein, 6 g Fett, 175 kcal

- 50 g Hefegebäck mit Käse
- ein halber Bagel (mit Sesam), ein Stück Gemüsestrudel, z. B. mit Kohl, Pilzen (und ein wenig Öl)
- eine kleine Semmel mit verschiedenen Kernen (Kürbis, Sesam, Leinsamen)
- ein Pizzastück

Der Unterschied bei den Kalorien zwischen den beiden Gruppen liegt bei 40 kcal pro 50 Gramm oder Kilokalorien pro 100 Gramm des Produkts. Dies soll nur beispielhaft zeigen, dass du mit der richtigen Wahl immer alle Nährstoffe aufnehmen und dabei bei den Kalorien sparen kannst. Und außerdem, dass wir auf versteckte Fette achten müssen – sie werden wirklich wichtig, wenn sie in großen Mengen hinzugefügt werden.

„Wieso müssen wir Brot essen?“, fragst du vielleicht. Wichtige Nährstoffe in der richtigen Menge sind der wichtigste Grund.

Außerdem ist Brot die unvermeidliche Basis für wunderbar nährstoffreiche Sandwiches. Selbst ohne Aufstrich!

Auch Tortillas sind ausgezeichnet mit ein paar verschiedenen klein geschnittenen Gemüsesorten und ein bisschen Huhn oder Ei dazu. Das sind Gerichte, die du immer essen kannst, wenn du auswärts isst, aber auf die richtige Auswahl an guten Zutaten achten möchtest.

Die Topliste der Bösewichte wird vom Blätterteig angeführt.

Es gibt alle möglichen Gerichte damit, Kuchen, Croissants, Brötchen, Gebäck mit süßer oder herzhafter Füllung und eine ganze Reihe von fettigen Pasteten. Sie alle werden aus genau dem gleichen Blätterteig gemacht, der nur in die jeweilige Form gebracht und mit den zusätzlichen Zutaten versehen wird.

Bei der Zubereitung von Blätterteig fängt man mit Mehl an. Es enthält immer noch die gleichen Nährstoffe, aber durch die Butter sind die Kalorien des Teiges aufs Doppelte gesprungen. Die 80 Kalorien des Mehls sind also auf 165 gestiegen. Wenn du also nur 100 Gramm von solchem Gebäck isst, bekommst du damit 550 Kalorien!

Schauen wir den Blätterteig nun mit unseren Kriterien für die richtigen Inhaltsstoffe an.

Wenn du eine Scheibe Schinken (30 g) auf ein Stück Brot legst und eine Scheibe wunderbaren gelben Käse (30 g) und alles mit einem Stück roter Paprika garnierst, hat das alles zusammen 230 Kalorien. Selbst zwei solcher belegter Brote und ein Becher (fettarmer) Joghurt erreichen kaum die Kalorienzahl von 100 Gramm Blätterteiggebäck. Stell dir das mal vor! Und was die wertvollen Inhaltsstoffe angeht, soll nur erwähnt sein, dass dir diese Brote die Hälfte an Calcium geben, die du in deinem Alter täglich dringend brauchst.

Calcium fehlt komplett im blätterigen Teig, es sei denn, der Bäcker fügt zum Beispiel etwas Käse hinzu. Aber das sind dann vernachlässigbare 5 % des täglichen Bedarfs.

Wenn das Croissant nach dem alten französischen Rezept hergestellt wird und nicht aus Blätterteig, könnte es eine vernünftige Wahl für das Frühstück sein! Was Kalorien angeht, gibt es nur einen kleinen Unterschied zum Brot: Das Croissant hat 30 Kalorien mehr, enthält aber ebenso gute Zutaten. Und dazu schmeckt es auch noch gut! Dasselbe gilt für wunderbare selbst gemachte Käsebrötchen und Strudelteig, wenn er unter sparsamem Einsatz von Öl gebacken wird. Auf unserer Liste sind sie irgendwo in der Mitte, nicht am besten aber sicher auch keine schlechte Wahl. Du musst nur lernen, dich zurückzuhalten, und nie mehr als zwei kleine Croissants oder Kekse oder ein Stück Strudel zu essen.

Pizzateig nach dem original italienischen Rezept hat denselben Kalorienwert wie Brot! Der Belag ist ausschlaggebend. Wenn du Schinken und Käse hinzufügst und die obligatorische Tomatensauce, ist Pizza eine vernünftige Wahl für eine Mahlzeit außer Haus. Natürlich kommt es hier wieder darauf an, dass die Zutaten von guter Qualität sind, dass der Schinken mager ist, der Käse hochwertig ist und echte Tomatensoße verwendet wurde und nicht Ketchup! Und natürlich solltest du mit deinen Freunden teilen – du brauchst nur ein Stück.

Ist Vollkornmüsli die beste Wahl fürs Frühstück?

Für die meisten fällt die Antwort negativ aus. Bei der Herstellung werden oftmals viel Zucker und Salz hinzugefügt. Dadurch werden sie mit unnötigen Nährstoffen und Kalorien angereichert. Manche sind in Ordnung, aber sei vorsichtig. Auch wenn die Zutaten natürlich sind und ohne Zusätze, enthalten 35 Gramm Müsli so viele Kalorien wie 50 Gramm Brot.

Die Liste an Lebensmitteln, die aus Mehl hergestellt werden, ist lang. Ein besonderer Platz ist für Kekse und Waffeln reserviert, aber darüber werden wir mehr sprechen, wenn es um Süßigkeiten geht.

MILCH UND MILCHPRODUKTE

Wenn auf einem Produkt einfach nur „Milch“ steht, bedeutet das, dass es ausschließlich Kuhmilch enthält. Wenn die Milch von einem anderen Tier stammt, etwa Ziege, Schaf oder Büffel, muss das auch so auf dem Etikett stehen.

Was macht Milch, vor allem in der Wachstumsphase eines Menschen, unverzichtbar? Welche hochwertigen Inhaltsstoffe enthält sie? Es sind wertvolle Proteine, Calcium und ein paar Vitamine: A und D.

In einer Tasse Milch (250 ml) stecken 8 Gramm Proteine und 300 Milligramm Calcium. Während in derselben Tasse nur 100 Kalorien stecken – das macht die Milch so toll.

Das gilt für Magermilch mit 1,5 % Fett. Du kannst auch Milch mit noch weniger Fett und dadurch noch weniger Kalorien kaufen. Aber diese hat schon einen ausreichend niedrigen Kalorienwert, ohne dass der Geschmack darunter leidet.

Ähnlich sieht die Situation bei den Joghurts aus, nur dass ihr Geschmack vor allem von den verwendeten Milchsäurebakterien abhängt. Die meisten Bakterien enthält Kefir, andere stecken in griechischem Joghurt. In anderen Milchprodukten gibt es wieder andere.

Unsere Liste führen Produkte an, deren Fettgehalt unter 1,5 % liegt. Wähle einfach die Sorte aus, die dir am besten gefällt. Heiße Schokolade kommt gleich als Nächstes auf unserer Liste – selbst gemacht, mit einem Löffel Kakao und einem Teelöffel Zucker, selbst gemachte Milchshakes aus fettarmer Milch und frischen Früchten oder eine Portion Joghurt mit frischen Früchten.

Käse ist ein weiteres tolles Milchprodukt für Mädchen, die noch wachsen. Darunter fallen alle möglichen Sorten, weiße oder gelbe, die alle möglichen Bezeichnungen tragen – Feta oder Mozzarella, Edamer, Caciocavallo, Parmesan ... Vielleicht verwirrt dich das jetzt. Ich hatte gerade fettarme Milch empfohlen und jetzt sprechen wir über Vollfettkäse. Wenn du unsere Auswahlkriterien anwendest, wird diese Verwirrung gleich verfliegen. Parmesan enthält pro 100 Gramm fast 1200 Milligramm Calcium und 33 Gramm Proteine. Er hat einen Energiewert von 400 Kalorien. Im Prinzip reichen zwei oder drei Teelöffel auf einem Salat oder einer Portion Spaghetti.

Von diesen 25 Gramm Käse bekommst du dieselben Nährstoffe wie von einem Becher Joghurt mit den gleichen 100 Kalorien!

Es gibt so viele Möglichkeiten: Feta oder Mozzarella mit Tomaten oder Provolone auf einem Sandwich und so weiter – lass deine Fantasie spielen!

Eine Liste mit guten Milchprodukten sieht so aus:

250 Milliliter (eine Tasse) Magermilch oder Joghurt ist genauso viel wie:

- 30 Gramm Mozzarella, Edamer, Feta, Ziegenkäse oder
- 100 Gramm magerer junger weißer Käse (mit unter 10 % Fett, z. B. Hüttenkäse).

Heranwachsende Mädchen brauchen drei, maximal vier Portionen.

Die vierte kannst du auch mit etwas aus der Fleischkategorie ersetzen. Wenn du von dort zwei Portionen auswählst, kannst du vier Tassen Milch nehmen und wenn du eine dritte Portion Fleisch oder Fisch nimmst, nimmst du auch nur drei Portionen Milch.

Du solltest nie weniger als drei Tassen Milch, Joghurt oder die entsprechende Menge Käse am Tag zu dir nehmen. Tatsächlich gilt das sogar während einer Diät zum Abnehmen. Die Anzahl der Portionen sollte immer gleich sein.

Klar, es ist ein bisschen langweilig, das Essen abzuwiegen. Aber sobald du den wunderbaren Käse abwiegst, den du so liebst, musst du ihn nicht mehr aus deinem Ernährungsplan streichen, selbst wenn du eine Diät machen willst. Du musst dich nur an die Mengenangaben halten.

Ganz anders ist es vielleicht für deine Großmutter! Sie hat vielleicht einen hohen Cholesterinspiegel und kann diese Dinge wegen des hohen Cholesteringehalts nicht essen. Deine Ernährung und die deiner Mutter oder Großmutter werden sich immer in vielerlei Hinsicht unterscheiden.

Ziegen-, Schafs- und Büffelmilch haben einen höheren Fettgehalt als Kuhmilch, aber ohne irgendeinen besonderen Vorteil für die Gesundheit. Viele gute Käsesorten bestehen teilweise oder vollständig aus Schafsmilch, und auch Ziegenkäse schmeckt ziemlich gut. Die Nährstoffkriterien bleiben dieselben. Wähle deine Favoriten also nach deinem Geschmack aus.

Auf der anderen Seite gibt es auch die „Bösewichte". Bei den Milchprodukten wären da verschiedene Sorten von saurer Sahne (auch Schmand oder Crème fraîche) und Frischkäse. Saure Sahne entsteht beim Verdichten von Milchfett. Zusätzlich zu den deutlich höheren Kalorienwerten hat saure Sahne einen geringeren Anteil an Proteinen und Calcium als Milch. Beim Frischkäse ist die Situation ähnlich. Seine Zusammensetzung ähnelt der sauren Sahne mehr als echtem Käse.

Hier sind die Vergleichskriterien, also entscheide selbst!

In 30 Gramm gelbem Hartkäse stecken etwa 100 Kalorien, 300 Milligramm Calcium und 9 Gramm Proteine.

In 50 Gramm Schmand mit einem Fettgehalt von 20 % stecken immer noch 100 Kalorien, aber nur 50 Milligramm Calcium und 1 Gramm Protein.

Crème fraîche brauchen wir gar nicht erst anzusehen! Mit zwei Teelöffeln nimmst du 100 Kalorien zu dir, aber nur 20 Milligramm Calcium. Von den Proteinen gibt es lediglich Spuren.

Mit 30 Gramm Frischkäse (Doppelrahmstufe) nimmst du 100 Kalorien, knapp 30 Milligramm Calcium und 2 Gramm Proteine zu dir.

Merke dir, dass Butter und Sahne zwar aus Milch gemacht werden, aber eigentlich reines Milchfett sind und damit in derselben Gruppe stehen wie Öle und feste Fette.

Manche köstlichen, aber fragwürdigen Lebensmittel entstehen aus Milch wie Speiseeis, Fruchtjoghurt und Frozen Yogurt. Am schwersten ist es, Eiscreme auf diese Liste zu setzen. Aber die Wahrheit ist eben unerbittlich. Die kürzeste Diagnose lautet: Eiscreme ist lecker, hat aber nicht wirklich viel Nährwert. Wir werden später noch einmal darüber sprechen, wenn es um die Extrakalorien geht.

Folgendes ist wichtig: Essen von der Bösewichte-Liste darfst du nur verzehren, wenn du auf die Menge achtest. Gib nicht mehr als einen Löffel Sahne auf ein Gericht wie einen Obstkuchen oder Obstsalat. Dieser Ratschlag gilt natürlich nur in dem Fall, dass du zufrieden mit deinem Gewicht bist. Andernfalls haben diese Zutaten gar nichts auf deinem Ernährungsplan zu suchen.

Es gibt verschiedene Sorten von sogenannter „Pflanzenmilch" wie Reismilch oder Mandelmilch, die als Alternative zu tierischer Milch beworben werden. Tatsächlich gibt es darunter eine, die wirklich zu empfehlen ist, weil sie einen vollwertigen Ersatz darstellt: Sojamilch mit zugesetztem Calcium und Vitaminen. Alle anderen sollten nicht Milch genannt werden, weil sie viel weniger Proteine und verwertbares Calcium enthalten. Milchersatzprodukte solltest du also eher vermeiden, außer in dem seltenen Fall einer Allergie gegen Milcheiweiß. Diese Diagnose muss ein Arzt stellen, nachdem er die Allergie durch Tests nachgewiesen hat.

FLEISCH, FISCH, EIER UND PFLANZLICHE EIWEISSREICHE LEBENSMITTEL

Fleisch, Fisch, Eier und Nüsse gehören zu der extrem großen und vielfältigen Gruppe von eiweißreichen Lebensmitteln.

Ihnen allen gemein ist ein hoher Gehalt an Proteinen und Eisen – und dies sollte auch unser Auswahlkriterium sein. Das ist aber absolut keine vollständige Liste. Zu den wertvollen Nährstoffen in dieser Gruppe gehören auch Zink, Vitamin B6, Biotin, Jod und Selen in Fisch.

Eine Portion besteht aus:

- 75 Gramm zubereitetes (100 Gramm frisches) Fleisch, Fisch, Huhn oder Wild oder zwei Eier;
- 30 Gramm Nüsse (Walnuss, Mandel, Erdnuss, Haselnuss etc.) oder Samen;
- 30 Gramm Erdnussbutter oder Tahini-Hummus (Kichererbsenpaste mit Sesam);
- 175 Gramm gekochte Bohnen oder Linsen (70 Gramm ungekocht)

Du weißt bereits, dass Milch viele Proteine enthält, aber wegen des Calciums einer anderen Gruppe zugeordnet ist.

Vitamin B12 ist ein wichtiges Kriterium für unsere Ernährung. Fleisch, Fisch und Eier enthalten es in erheblichen Mengen.

Hülsenfrüchte und Nüsse (Bohnen, Linsen, Soja, Nüsse, Erdnüsse, Mandeln) ENTHALTEN KEIN Vitamin B12. Das ist ihr größtes Minus. Pflanzen können es nicht herstellen. Daher kommt es nur in tierischer Nahrung vor.

Vitamin B12 ist grundlegend für den Prozess, in dem die Nerven ihre Myelin-Ummantelung bekommen. Zusammen mit Folsäure und dem Vitamin B6 stellt es die Reifung der roten Blutzellen sicher und somit den Transport von Sauerstoff zu allen Zellen. Daraus folgt, dass jeder, der einen veganen Lebensstil verfolgt, egal in welchem Alter, von Zeit zu Zeit eine B12-Gabe benötigt, am besten per Spritze.

Das ist ein weiteres Argument, das du bedenken solltest, falls du einmal eine Diät in Erwägung ziehst, die sich auf Wasser, Obst oder Gemüse beschränkt.

Das andere wichtige Auswahlkriterium in dieser Gruppe ist der Proteingehalt. Die besten Lebensmittel auf unserer Liste enthalten 13 bis 25 Gramm Protein pro 100 Gramm.

Eisen ist das nächste ebenso wichtige Kriterium. Mädchen brauchen mehr davon als Jungen und beinahe doppelt so viel wie in der letzten Lebensphase – 8 bis 15 Milligramm!

Wenn wir diese zwei Kriterien anwenden und Kalorien hinzuziehen, erhalten wir die folgende Liste mit tierischen Lebensmitteln:

Lebensmittel, 100 Gramm, frisch	Kalorien	Proteine	Eisen
Schweineleber	130	21 g	23 mg
div. Muscheln	75	7–12 g	4–14 mg
Hühnerleber	115	17 g	9 mg
Rinderleber	135	21 g	7 mg
Garnelen	100	21 g	3 mg
Rindersteak	115	23 g	2 mg
Eier (ganze)	150	13 g	2 mg
Thunfisch (frisch oder Dosen/in Salzwasser)	100	23 g	1,5 mg
Schweinefilet	110	21 g	1 mg

Hühnerleber hat als Bonus einen hohen Anteil an Folsäure, und alle Sorten Leber haben einen hohen Anteil an reinem Vitamin A und Vitamin B12, mehrfach höher als der Tagesbedarf.

Für pflanzliche Lebensmittel aus dieser Gruppe siehst du die Zahlen unten. Denke daran, dass diese Proteine biologisch weniger wertvoll sind. Wir brauchen doppelt so viel davon, weil wir sie nicht so gut verwerten können wie die aus tierischer Nahrung.

Essen 100 g	Kalorien	Proteine	Eisen	Folsäure
weiße Bohnen (roh)	330	23 g	10 mg	~ 400 mcg
Linsen	350	25 g	7–5 mg	450 mcg
Nüsse	570	20 g	4–7 mg	–

Diese vergleichenden Tabellen mit den Kalorien- und Nährstoffangaben sollen zur Orientierung dienen. Du musst sie nicht auswendig lernen. Sie bieten korrekte Angaben über hochwertige, wichtige Inhaltsstoffe. Du kannst deine Wahl anhand dieser Kriterien selbst treffen und musst dich nicht von irgendjemandem überreden oder überzeugen lassen.

Hier ist ein Beispiel:

Wenn du 200 Gramm gegrillte Schweineleber isst, die weniger als 300 Kalorien hat, bekommst du damit eine Dosis Eisen für drei Tage und Vitamin A und B12 für neun Tage. Das Beste daran: Sie werden im Körper gespeichert und füllen dort deine Reserven für einige Tage, wenn sie nicht in ausreichendem Maße zugeführt werden oder ein besonders hoher Bedarf besteht.

Ein Vorteil von Bohnen und Linsen ist der hohe Gehalt an Folsäure, die ein wirklich wichtiges B-Vitamin ist. Sie wird für die roten Blutkörperchen benötigt, ist aber in allen Situationen extrem wichtig, in denen sich Zellen schneller teilen. Und das ist natürlich gerade jetzt der Fall, wo du mitten im Wachstum steckst, nicht wahr? Der Bedarf an Folsäure ist bei Mädchen viel höher als bei Jungen. Das gilt auch noch für erwachsene Frauen, besonders wenn sie sich entscheiden, Kinder zu haben.

Die Nutzung von Eisen aus Pflanzenquellen funktioniert deutlich schlechter, kannst du aber verbessern, indem du Nahrung ergänzt, die viel Vitamin C enthält. Wenn du Bohnen mit Paprika kombinierst, und besonders mit Chilis, steigt die Menge an genutztem Eisen aus den Bohnen beträchtlich, und es schmeckt toll.

Es gibt ein weiteres vernachlässigtes, aber notwendiges Mineral. Und zwar Zink. Die besten Quellen dafür sind tierische Lebensmittel wie Meeresfrüchte. Zink ist für das Funktionieren zahlreicher Enzyme im Körper mitverantwortlich, und es ist allgemein wichtig für den Stoffwechsel ... Und vor allem: In der Zeit des Erwachsenwerdens ist es einer der wichtigsten Faktoren für die sexuelle Entwicklung und das Wachstum im Allgemeinen. Ein Mangel kann beides verlangsamen oder zum Erliegen bringen. Besonders gefährdet sind Mädchen, die häufig solche kurzfristigen fleischlosen Diäten abhalten.

Und noch etwas ist besonders am Zink: Die Vorräte im Körper sind winzig. Wenn wir es nicht mit der Nahrung zu uns nehmen, müssen die Reserven mobilisiert werden, und sie sind schnell leer. Jede kleine Infektion, jeder kleine Schnitt braucht viel Zink, um zu heilen. Wenn du es nicht mit der Nahrung zu dir nimmst, bildest du daher nicht nur keine neuen Muskeln, sondern der Körper baut sogar die existierenden Muskeln ab, um an das dringend benötigte Zink zu kommen.

Wenn wir über hochwertige Proteinquellen sprechen, ist das Weiße vom Ei mit 24 Gramm auf 96 Kalorien ohne Fett oder Zucker der absolute Champion. Wir haben schon viel darüber gesprochen, aber nur zur Erinnerung, du steckst in der Phase intensivsten Wachstums ...

Der Bedarf an Proteinen bezogen auf die Körpergröße ist genau im Alter von 11 bis 15 Jahren am höchsten. Du kannst also immer noch auf den Zug aufspringen und

sogar noch gutmachen, was du in den vergangenen Jahren vielleicht verpasst hast.

Die besten Quellen für gute Inhaltsstoffe sind in dieser Gruppe die verschiedenen Sorten von Fleisch und Fisch. Natürlich sprechen wir hier über fettarmes Fleisch von verschiedenen Tieren, nicht nur Geflügel: weißes Fleisch von Huhn und Pute (ohne Haut), Wild, Schweinefilet, Kalbsmedaillons ...

100 Gramm frisches, rohes Fleisch enthält durchschnittlich etwa 24 Gramm Protein bei einem Kalorienwert von ca. 130. Das wäre eine Portion für dich. Bei magerem Fisch oder Muscheln wären es etwa 150 Gramm. Zubereitet, also gekocht oder gebraten, kommen Muscheln, Fisch und Fleisch auf etwa 75 Gramm – das nur als Anhaltspunkt zwischen all diesen Zahlen.

Gleich danach kommen die Speisen, die 20 Gramm Proteine je 170 bis 210 Kalorien haben. Das trifft auf 100 Gramm verschiedener Fleischsorten zu – von Hühner- oder Putenschenkel bis zu magerem Schinken und Wurst. Dann folgen die meisten mageren Teile von Rind, Schwein, Kalb und Lamm (von allem sichtbaren Fett befreit). Dazu gehören auch noch Lachs, Hering, Makrele oder zwei ganze Eier, die richtige Menge Bohnen (70 Gramm), Linsen und andere Hülsenfrüchte (die genaue Menge hängt von Art und Trocknung der Hülsenfrüchte ab).

Die Liste der Bösewichte:

Die fettigeren Vertreter dieser Nahrungsgruppe sind alle Fleischsorten, die pro 100 Gramm mehr als 240 Kalorien und weniger als 20 Gramm Proteine haben. Dazu zählen die meisten Sorten Hackfleisch und fettere Stücke von Schwein und Rind sowie Huhn und Pute mit Haut und das Fleisch von anderen Vögeln wie Gans und Ente.

Fettigere Fleischstücke erkennen – da ist gar nicht so schwierig! Das Fett kannst du sehen. Außerdem ist fettes Fleisch auch in verschiedenen verarbeiteten Produkten enthalten: Wurst, Salami, Hotdog enthalten 250 bis 350 Kalorien, unter zehn Gramm Protein, und im Vergleich zu frischem Fleisch haben sie einen niedrigen Eisengehalt.

Um die richtigen Lebensmittel auszuwählen, musst du nur dem einfachen Kriterium folgen: Wenn mehr Kalorien nicht mit mehr guten Nährstoffen einhergehen, dann verzichte auf dieses Essen. Zudem kommen sie alle auch mit einem höheren Anteil an schlechten Inhaltsstoffen daher, wie zum Beispiel gesättigten Fettsäuren oder Salz in verschiedenen Trockenfleischköstlichkeiten. Das sollten wir streichen.

Eine Diät ohne Fleisch? Solange du während einer solchen Diät noch Fisch und Eier isst, stellt das kein Problem dar. Außer dass es deine Periode unterbrechen könnte. So etwas kommt bei jungen Mädchen häufig vor, die sich fleischlos ernähren, besonders wenn sie sehr aktiv sind.

Wie viel von all dem wäre gut für dich? Zwei bis drei Portionen Fleisch am Tag werden empfohlen. Das entspricht 200 bis maximal 300 Gramm (frischem) Fleisch.

Ideal wäre es, einmal die Woche Leber oder Meeresfrüchte zu essen, zweimal Fisch, zweimal rotes Fleisch und an zwei Tagen Hühnchen oder Pute. Leber oder Hühnchen kannst du gelegentlich auch durch Bohnen oder Linsen ersetzen. Gekochtes Ei oder Hummus auf Brot – klar, das ist okay. Aber wenn du zum Frühstück Spiegelei bevorzugst, lass dafür den Brotaufstrich weg! Sonst bekommst du eine Portion Fett zu viel. Speisen zu kombinieren ist aber nicht verboten! Im Gegenteil, eine der Grundregeln bei der Auswahl des richtigen Essens ist die Vielfalt, daran ist nichts verkehrt.

OBST UND GEMÜSE

Früchte sind natürliche Süßigkeiten. Sie enthalten etwa einen Esslöffel voll Zucker pro 100 Gramm und haben einen Kalorienwert von 60.

Gemüse könnte man als die weniger protzige Cousine des Obstes bezeichnen. Aber es enthält ebenso gute und wichtige Inhaltsstoffe, mit weniger Zucker und einem durchschnittlichen Kaloriengehalt von nur 25. Das ist der größte und ich würde sagen einzige Unterschied zwischen Obst und Gemüse. Daher sind sie austauschbar.

Wenn es dir um dein Gewicht geht, hat Gemüse klar die Nase vorn. Es ist ein Beispiel dafür, wie man trotz geringerer Kalorien dieselbe oder sogar eine größere Menge essenzieller Nährstoffe zu sich nehmen kann.

Essen 100 g	Kalorien	Vitamin A	Vitamin C
grüne Paprika	20	110 µg	80 mg
Kürbis	26	222 µg	9 mg
roter Apfel	52	16 µg	5 mg
Kiwi	61	26 µg	97 mg

* Du brauchst täglich 65 mg Vitamin C und 700 µg Vitamin A bzw. 4,2 mg Betacarotin, das in Gemüse und Obst steckt.

EINE BESONDERE GESCHICHTE ÜBER GEMÜSE ... WIR LIEBEN ES NICHT WIRKLICH, ODER?

Du wirst schon bemerkt haben, dass einige Gemüsesorten in anderen Nahrungsgruppen gelandet sind. Kartoffeln, Erbsen, Bohnen und andere Hülsenfrüchte wurden je nach Nährstoffgehalt gesondert eingeordnet. Auch ihr Kalorienwert unterscheidet sie von den sonstigen Gemüsesorten.

Gemüse bekommt seine verschiedenen Farben durch verschiedene gute Inhaltsstoffe wie Lycopin, Resveratrol, Methylxanthine und Chlorophyll – puuh! Statt dir all die komplizierten Namen zu merken, mach einen Regenbogen auf deinen Teller – Rot, Lila, Gelb, Grün!

Rote scharfe Chilischoten sind die beste Vitamin-C-Quelle, die es gibt. Sie beinhalten vier Mal so viel wie Orangen – obwohl die Orange auch eine sehr gute Quelle ist. Die Schärfe der Chili kommt von einer Verbindung, die Capsaicin genannt wird. In der Medizin gibt es verschiedene Anwendungsgebiete dafür. Die neueste ist, den Stoffwechsel in Schwung zu bringen. Daher wird auch untersucht, ob es zur Gewichtsregulierung geeignet ist. Füge also nach Belieben rote Chilis zu einem Salat hinzu, um etwas extra Vitamin C zu bekommen. Ein Salat aus roten, gelben und grünen Paprikaschoten und Chilis sieht prachtvoll aus! Paprika kann roh, gebacken und gefüllt gegessen werden. Es gibt viele unterschiedliche Zubereitungsarten, und sie schmeckt jedes Mal ganz anders. Also probiere ein paar verschiedene Rezepte aus, wenn du denkst, dass Paprika nicht dein Fall sind.

Gemüse wird irgendwie grundlos vernachlässigt. Oft kommt es als Letztes auf der Prioritätenliste. Zusätzlich zum niedrigen Kalorienwert und so exotischen Stoffen wie Capsaicin enthält es noch weitere tolle Inhaltsstoffe: Spinat, Mangold und ähnliche Gemüse enthalten etwas Eisen und Folsäure. Alle dunkelgrünen Gemüsesorten sind reich an Vitamin K, zusätzlich zu den Vitaminen A und C, die wir früher schon erwähnt haben. Es gibt auch reichlich Faserstoffe, die nicht nur wichtig für die Darmflora, sondern auch für die regelmäßige Darmbewegung und Entleerung sind. Manchmal wird das Entschlackung oder Detox genannt.

Kürbisse, Zucchini und Auberginen sind eine ausgezeichnete Grundlage für viele leckere Gerichte. Sie können gefüllt, aber auch auf andere Weise zubereitet werden, etwa als Gemüselasagne oder Auflauf wie Moussaka. Wenn du es mit wenig Öl und magerem Fleisch zubereitest, darf es auf keinem Menü fehlen, das sich an ausgewogener Ernährung zur Gewichtsregulierung orientiert.

Wenn wir die Zucchini panieren, das Fleisch in der üblichen Menge Öl anschwitzen und noch Sauerrahm hinzufügen, ist es natürlich eine Kalorienbombe; perfekt für alle, die Gewicht zulegen wollen. Frische Aubergine hat 20 Kalorien, gebacken hat sie 33, und wenn sie paniert wird, saugt sie so viel Öl auf, dass sie bei 700 Kalorien landet! Das ist vielleicht eher für deine Eltern wichtig. Es ist gut daran zu denken, wenn man das Abendessen zubereitet.

Sollten wir Gemüse roh essen, um mehr Vitamine zu bekommen? Nicht wirklich und nicht alle!

Auberginen und Kartoffeln enthalten Solanin, ein Gift, das Übelkeit, Erbrechen und viele weitere Beschwerden auslöst, daher essen wir sie nie roh. Als Ärztin musste ich manchmal Kinder behandeln, die rohe Kartoffeln gegessen hatten, um sich vor der Schule zu drücken. Das ist nicht lebensbedrohlich. Die Schmerzen und die Übelkeit können jedoch extrem unangenehm sein, und du könntest auch Fieber bekommen.

Tomaten sind in jeder Form ähnlich nährstoffreich. Auf Ketchup trifft das so jedoch nicht zu. Das liegt an der großen Menge Zucker, die er enthält. Dadurch steigt der Kaloriengehalt von 20 auf 100. Sei also vorsichtig mit Ketchup! Du kannst ihn als Gewürz benutzen, aber nicht zu viel.

Nun zum Obst. Abgesehen davon, dass es wirklich gut schmeckt, enthält es wie Gemüsesorten viele Vitamine, besonders Vitamin C und Provitamin A. Es beinhaltet auch Fasern und verschiedene färbende Substanzen. Aber vor allem aufgrund des Geruchs und Geschmacks ziehen es viele Menschen dem Gemüse vor.

Die gute Nachricht ist, dass es Obst mit ähnlichen Kalorienwerten wie Gemüse gibt, etwa Melonen (botanisch gehören sie tatsächlich zum Gemüse).

Verschiedene Beeren wie Erdbeeren, Himbeeren, Brombeeren, Blaubeeren haben 35 bis 45 Kalorien pro Portion.

Trauben, Kiwi, Mango und Bananen haben mehr als 65 Kalorien, Birnen und Äpfel etwa 55 Kalorien.

Mit diesem Wissen fällt es nicht schwer, einen Plan zu erstellen.

Um die richtigen Zutaten zu wählen, brauchst du etwa 700 Gramm Obst und Gemüse. Du hast verschiedene Möglichkeiten – nur Gemüse mit durchschnittlich 175 Kalorien oder nur Obst mit etwa 420 Kalorien. Oder eine Mischung aus beidem – alles ist möglich.

Mit dem Gemüse kannst Du es gar nicht übertreiben. Ein ganzes Kilogramm zu essen ist ganz schön mühselig und hat dabei nur 250 Kalorien. Aber pass mit dem Obst auf. Es ist leicht, hier einen Apfel, da eine Banane und hier noch ein Stück Wassermelone zu essen, und schon hat man 600 Kalorien beisammen.

Fruchtsäfte sind noch eine andere Geschichte. Ein Glas (250 ml) frisch gepresster Orangensaft deckt mindestens den Tagesbedarf an Vitamin C bei nur 120 Kalorien. Die 21 Gramm natürliche Fruktose im Saft decken in unserer Rechnung 10 % des täglichen Kalorienbedarfs. Ich sage nicht, dass das ein Problem ist. Wir müssen sie nur in den 60 Gramm Extrakalorien unterbringen, die am Tag erlaubt sind.

DIE EXTRA- UND LUXUSKALORIEN

Diese Kalorien sind vor allem für diejenigen, die einen erhöhten Kalorienbedarf haben. Sie finden sich in vielen Lebensmitteln, die vor allem viel Fett und Zucker enthalten. Dazu gehören Öle, Butter, Margarine, Crème fraîche und Mayonnaise. Dann haben wir alle Zuckerarten: weißen, braunen, Fruchtzucker, Traubenzucker, Fruktosesirup, Glukosesirup, Honig. Selbstverständlich gehören Süßigkeiten dazu, die aus mehreren Zutaten bestehen können. Das Einzige, was sie alle gemeinsam haben, ist, dass sie eine Menge Fett und/oder Zucker enthalten – und dadurch überflüssige Kalorien.

Schokolade ist unglücklicherweise ein Luxus. Sie ist vor allem extrem fett, aber auch richtig süß, und enthält 30 bis 50 Gramm entweder Zucker oder Fett, je nachdem, wie dunkel sie ist. Sie hat auch viele positive Aspekte, weil Kakao viel Eisen, Magnesium und Mangan enthält. 20 Gramm Schokolade könnten also deine tägliche Süßigkeit sein.

Kekse müssen natürlich süß sein. Das bedeutet, dass ihnen meist Zucker zugeführt wird. Manchmal sind das 20 Gramm Zucker, gelegentlich aber auch bis zu 50 Gramm Zucker auf 100 Gramm Kekse. Dabei sind nicht alle Kekse schlecht. Manchmal ist es schön, einen oder zwei Kekse zu essen. Benutze eine einfache Auswahlmethode: Sieh dir den Unterschied zwischen dem Keks und einem Stück Brot an. Denn alle zusätzlichen Kalorien kommen von Zucker und/oder Fett. Brot hat normalerweise etwa 250 Kalorien. Versuche bei der Auswahl von Keksen solche zu finden, die nicht mehr als 350 Kalorien haben – die 100 Kalorien Unterschied passen in die extra Luxuskategorie.

Lass dich nicht von der beliebten Bezeichnung „Vollkorn“ in die Irre führen. Die Hersteller benutzen sie, um die Aufmerksamkeit von den extra Kalorien abzulenken! Es gibt Kekse, etwa „Russisch Brot“, die gar kein Fett enthalten. Sie sind ein guter Snack nach einem langen Training.

Auf dieser Liste stehen auch einige Speisen, die aus Milch, Fruchtjoghurt, Frozen Yogurt oder Eiscreme bestehen. Das war wirklich auch schwer für mich. Also habe ich eine Vergleichstabelle erstellt, um mich selbst zu überzeugen, dass sie nicht auf unserer Bestenliste stehen.

Essen (je 1 Tasse á 250 ml)	Kalorien	Proteine	Calcium	Zucker
Joghurt (0,1 % Fett)	102	8,6	300	12 g
Fruchtjoghurt (2,8 % Fett)	245	10	360	40 g
Frozen Yogurt (fettarm)	270	9,6	245	48 g
Vanilleeis	280	4,6	160	28 g

Eiscreme stellte für mich das größte Problem dar. Es ist schwierig, das richtige Rezept für diese Nascherei zu finden. Traditionell wurde Eis aus Milch, Eiern, Zucker und frischem Obst oder Kakao und einigen Aromen hergestellt. Heutzutage besteht Eis manchmal nur aus gesüßtem pflanzlichem Öl oder Sahne mit Geschmacksstoffen. Farbe kommt hinzu und vielleicht ein paar echte Zutaten wie Kakao oder Frucht. Das Eis in der Tabelle bezieht sich auf die traditionelle Herstellung. Andere Eisrezepte können bis zu doppelt so viele Kalorien haben, also Vorsicht!

Auf jeden Fall hat Speiseeis weniger Proteine und Calcium – jene hochwertigen Zutaten, die zu unseren Auswahlkriterien gehören. Zusätzlich hat es einen erhöhten Fett- und vor allem Zuckergehalt. Wenn wir nach einem weniger schlechten Eis suchen, ist das sicher das traditionelle italienische Gelato, weil es aus Milch hergestellt wird und im Vergleich am wenigsten Fett enthält.

Wenn du ein Eis auswählst, ist es wirklich wichtig, dass du das Rezept kennst und die Zutaten, die es enthält. Es ist immer besser, die Sorten auszuwählen, die aus Milch, Eiern und echtem Kakao oder Fruchtpüree bestehen. Die Früchte müssen auch auf der Packung stehen. Aber oft geht das nicht. Du wirst nachforschen müssen. Aber was es auch ist, zwei Kugeln sind das Maximum.

Zusätzliche Kalorien aus Fett sind manchmal für sehr dünne Menschen wichtig. Dann ist sogar ein beträchtlicher Teil an sichtbarem Fett nötig – mehr als 150 Gramm am Tag, aus Öl, Sahne oder verschiedenen Aufstrichen. Das entspricht einer Kalorienzahl von 1200 und mehr. Jemand, der zunehmen muss, benötigt am Tag oft 4000 Kilokalorien und mehr. Gut dass es auch dafür die passende Nahrung gibt.

In deiner normalen Ernährung könnte das Extrafett in Form diverser Brotaufstriche vorkommen wie Erdnussbutter, Hummus, Chutney, Ajvar. Fett versteckt sich in Fleisch, Fisch und besonders in Nüssen und Samen. Wenn du einen Bagel mit Sesam isst, bekommst du genug von den essenziellen Fettsäuren. Ein oder zwei Spritzer Öl auf dem Salat könnten nötig sein, wenn du keine Oliven oder Mandeln, Walnüsse oder Ähnliches darin hast. Dass in Schokolade, Eis und Sahne viel Fett steckt, weißt du ja schon.

Wie wählt man das Richtige aus, wenn es abgepackt ist?

Du musst nur die Nährwertangaben auf der Packung lesen! Das meiste, was wir kaufen, ist letztlich eine Kombination von Zutaten nach einem Rezept, das wir normalerweise nicht kennen.

Daher könnte es schwierig sein, ein Produkt wirklich zu beurteilen. Die Hersteller von Lebensmitteln sind verpflichtet, die Zutaten auf der Verpackung aufzuführen. Aber es ist schwierig, die Mengen wirklich abzuschätzen, selbst für einen Ernährungswissenschaftler. Manchmal habe ich den Eindruck, dass die Hersteller sogar versuchen, Dinge bewusst zu verbergen. Sie müssen aber die Kalorien angeben sowie den Gehalt an Fett, Proteinen, Kohlenhydraten und Zucker. Auf den meisten Produkten steht, wie viel Prozent der täglich empfohlenen 2000 Kalorien sie abdecken. Essen, das einen hohen Anteil (z.B. 30 %) an täglich benötigten essenziellen Nährstoffen abdeckt, ist gute Quelle. Das sollte dein Kriterium sein.

Achte also auf Werbung, die bestimmte Zutaten besonders anpreist, etwa Kekse, die als Quellen von Vitamin B1, B2 und B3 bezeichnet werden. Jedes Produkt aus Mehl enthält diese Vitamine. Die Frage ist, wie viel davon, und mit wie vielen Kalorien gehen sie einher. Du solltest also immer die Nährwertangaben lesen.

Manche verdienen die Bezeichnung als ausgezeichnete Quellen dieser wichtigen Vitamine, selbst wenn sie zusammen mit Zucker auftreten.

KALORIEN IN GUTER GESELLSCHAFT

Als Erstes stehen auf dieser Liste:

Cashewnüsse, Pistazien, Mandeln, Haselnüsse, Erdnüsse …

Ihr Energiegehalt liegt bei etwa 600 Kalorien und gleich wirst du sehen, dass fast alle für fast jeden empfehlenswert sind. Diese Kalorien stammen hauptsächlich aus Fett, 60 bis 70 von 100 Gramm. Darunter sind vielleicht zwei oder drei Gramm hauptsächlich guter und essenzieller Fettsäuren. Sie haben eine positive Wirkung auf die Gesundheit, besonders für das Blut und die Blutgefäße. Für dich sind die essenziellen Fettsäuren am wichtigsten, aber zusätzlich enthalten die Nahrungsmittel auch noch Proteine, Eisen, Mangan und Vitamin B6. Nüsse stecken also voller Nährstoffe, und du bekommst schon mit wenigen Nüssen eine Menge davon.

Selbst in einer Diät zum Abnehmen gibt es einen Platz für sie. Allerdings zählen sie dann als Ölersatz: Fünf Nusskerne entsprechen einem Teelöffel Öl.

Schokolade ist das nächste Lebensmittel, dessen Zusammensetzung den enormen Kalorienwert von meist 500 bis 550 pro 100 Gramm rechtfertigen könnte.

Der beste Hauptbestandteil darin ist Kakao, der Eisen und verschiedene Antioxidanzien enthält. Das sind sekundäre Pflanzenstoffe, die dem Körper helfen und vor Schaden bewahren, indem sie ein Übermaß an potenziell schädlichen freien Radikalen neutralisieren. Übermäßige freie Radikale werden in Stresszuständen produziert, in der Schule, in der Sonne, beim schnellen Skaten, beim Anblick von Haien im Meer oder Löwen in der Savanne! Kein Witz, unsere Stressreaktion ist immer dieselbe, genau so, als würden wir von einem Löwen gejagt.

Schokolade enthält nicht nur Antioxidanzien, sie stimuliert auch das Lustzentrum im Gehirn, und der Körper entspannt sich vollständig. Mmh! Da ist es auch kein Wunder, dass Menschen schnell süchtig nach Schokolade werden. Das ist ihr größter Nachteil.

KALORIEN IN SCHLECHTER GESELLSCHAFT

Was sind schlechte Fette? Das sind große Mengen von gesättigten Fetten und besonders Transfette. Davon hast du vielleicht schon in Biologie oder Chemie gehört. Schlage sie nach, wenn es dich interessiert! Sie bringen nichts Gutes. Sie machen nur schnell dick und verhärten die Wände der Arterien schon in jungem Alter. Verhärtete Blutgefäße sind immer eine schlechte Nachricht, egal in welchem Alter.

Zudem ist es auch nicht gut, zu viel Zucker und/oder Salz zu essen. So könntest du dir wirklich dein Aussehen verderben. Denn das bindet eine Menge Wasser, aber nicht in den Zellen, wo es gebraucht wird, sondern zwischen den Zellen, was dir ein geschwollenes Gefühl und Aussehen gibt. Ganz zu schweigen von schwerwiegenderen Folgen wie hohem Blutdruck.

Solche Zutaten kann man leicht in allen möglichen Chips, Flips und ähnlichen Snacks entdecken. Sie haben im Schnitt 550 Kalorien, von denen mehr als ein Drittel von schlechtem, gesättigtem Fett kommt, zusammen mit einer Menge Salz, manchmal mehr als einem Gramm. In dieser schlechten Gesellschaft finden sich noch ein paar Proteine, Vitamine und Mineralstoffe. Aber du weißt sicher, was man über schlechte Gesellschaft sagt: Sie färbt leicht ab.

LEERE KALORIEN

Dazu gehören verschiedene nicht alkoholische süße Getränke. Neben Zuckerkalorien enthalten sie meist kaum etwas anderes. Manchmal enthalten sie Koffein oder ähnliche leicht stimulierende Substanzen. Wer braucht das schon?

Es gibt Situationen, vor allem im professionellen Sport, in denen der Körper schnell leicht verwertbaren Zucker braucht. Der Magen kann Fett und Proteine in einer solchen Situation nicht verdauen. Daher sind Energydrinks oder -riegel hier die beste Lösung. Sie sind vor allem für professionelle Radfahrer, Marathonläufer und andere Ausdauersportler wichtig. Im Alltag wirst du kaum in solch eine Situation kommen. Zuckerhaltige Getränke können erfrischend sein, aber in Maßen! Denk daran, dass manche wirklich große Mengen Zucker enthalten, mindestens acht und mehr Würfel Zucker pro Glas (250 ml).

Eine Diät für ein Mädchen zwischen 12 und 18 – pro und kontra

SOLLTEST DU JEDES MAL EINE DIÄT MACHEN, WENN DU UNGLÜCKLICH MIT DEINEM GEWICHT BIST?

Solltest du jedes Mal eine Diät machen, wenn du unglücklich mit deinem Gewicht bist? Wird das alle deine Probleme lösen oder sie verschlimmern? Wieso sind Eltern und Ärzte so völlig gegen Diäten, während du vielleicht total begeistert von der Idee bist?

Die beliebtesten Trenddiäten sind meist Crashdiäten, die deinen Körper in den Hungermodus versetzen. Je weniger du isst, desto weniger Energie verbraucht dein Körper! Die Stoffwechselrate sinkt schnell, für Mädchen am stärksten bei Diäten unter 1200 kcal. Also selbst wenn du die Gefahren von extremer Unterversorgung mit Nährstoffen ignorierst, sind diese Diäten schlicht und ergreifend schlecht, wenn es um Gewichtsreduktion geht, ganz zu schweigen vom Aufwand. Die meisten Experten auf diesem Gebiet würden sogar sagen, dass diese Art von „Freizeitdiäten" Fettleibigkeit eher fördert.

Was solltest du also tun, wenn du ein paar Kilogramm zu viel hast oder plötzlich anfängst, schnell zuzunehmen? Dabei ist es entscheidend, die Zufuhr vor zusätzlicher Energie und die Bildung neuer Fettzellen zu unterbinden.

Das bedeutet, es ist Zeit für eine Umstellung – für eine ordentliche, ausgewogene gute Ernährung und mehr sportliche Betätigung – viel mehr als du gewohnt bist. Bei ausgewogener Ernährung kombiniert mit einem Plan für moderate körperliche Aktivität kann nichts schiefgehen.

ARGUMENTE DAFÜR

Fettleibigkeit und nur Fettleibigkeit ist eine Rechtfertigung für das, was häufig als Diät bezeichnet wird und was Ärzte als hypokalorische Diät bezeichnen. Für ein 15-jähriges Mädchen bedeutet das einen BMI von 29 kg/m^2.

Schau dir die Gewichtstabelle für die meisten normalen Situationen und ein Alter bis 20 Jahre an. Alle anderen Kombinationen aus Größe und Gewicht finden sich dazwischen!

Für ein Mädchen mit einer Größe von 164 Zentimetern gilt das Argument dafür etwa ab einem Gewicht von 78 Kilogramm!

BMI ≥ 29 kg/m^2 **mit 15 Jahren**	BMI ≥ 30 kg/m^2 **mit 20 Jahren**
73 kg bis zu einer Größe von 157 cm	76 kg bis zu einer Größe von 159 cm
75 kg bis zu einer Größe von 162 cm	81 kg bis zu einer Größe von 164 cm
80 kg bis zu einer Größe von 166 cm	87 kg bis zu einer Größe von 170 cm

Die Pubertät ist eine Zeit intensiven Wachstums und intensiver Entwicklung. Das ist absolut normal und wünschenswert.

Wenn es ständig ein Zuviel an Energie gibt, wird auch das adipöse Gewebe, das Körperfett, rapide anwachsen. Und das ist nicht ideal. Und um diesen Überschuss zu verstauen, erschafft der Organismus große Zahlen weiterer Fettzellen.

Wenn sie sich einmal gebildet haben, bleiben Fettzellen für immer bestehen. Es ist sehr schwierig für sie, zu „sterben“, weil sie sich immer wieder auffüllen, wenn wir mehr Kalorien zu uns nehmen, als wir verbrennen. Wenn wir mehr verbrennen, leeren sich die Zellen, verschwinden aber nie.

Mit anderen Worten: In diesem Alter ist es besonders wichtig, einen Energieüberschuss und die Bildung zusätzlicher Fettzellen zu verhindern. Im späteren Leben wird die Gewichtskontrolle einfacher und effektiver.

Ein Experte sollte überprüfen, ob das übermäßige Gewicht nicht schon zu anderen Problemen wie einem PCO-Syndrom, einem unregelmäßigen Zyklus oder Problemen im Zuckerhaushalt geführt hat.

Eine Diät sollte niemals unter 1300 bis 1400 Kilokalorien am Tag gehen, da das das Minimum ist, um alle nötigen Nährstoffe bereitzustellen. Sie sollte Lebensmittel aus allen vier Gruppen beinhalten, die innerhalb der Gruppe jeweils frei gewählt werden können.

Dann definieren wir den Zielwert am besten nur knapp unter der Grenze zur Fettleibigkeit und niemals den niedrigst möglichen Wert. Die Diät sollte drei bis sechs Monate dauern, und es sollte sich eine Phase anschließen, in der das Gewicht gehalten wird.

Vernünftiger Gewichtsverlust ist eine Möglichkeit, Komplikationen zu vermeiden, und ein Garant für langfristigen Erfolg. Falls nötig, kann es frühestens drei Monate nach dieser Phase eine weitere Phase zur Gewichtsreduktion geben. In der Phase des Gewichthaltens steigern wir die Menge langsam bis zum theoretischen Maximum.

MINIMUM FÜR MÄDCHEN IM ALTER VON 15 BIS 19 JAHREN

Gruppe	Portionen	eine Portion entspricht	Kalorien
Müsli und stärkehaltiges Gemüse	3 Portionen	50 g Brot 35 g Mehl, Flocken, Reis 35 g Nudeln 1 kleine Tortilla 1 Crêpe 150 g frische Kartoffeln, Mais, Erbsen 1 großer junger Maiskolben	400
Milch und Milchprodukte	3 Portionen	250 ml Milch oder Joghurt 30 g fetter Käse 100 g Magerkäse	300
Fleisch, Fisch und pflanzliche Proteine	2 Portionen	75 g zubereitetes oder 100 g frisches, mageres Fleisch, Fisch, Geflügel oder Wild 2 Eier 30 g Nüsse, Samen, Körner 30 g Erdnussbutter oder Hummus mit Tahini 175 g gekochte Bohnen oder Linsen oder 70 g rohe	300
Gemüse und Obst	7 Portionen	100/150 g	200
Extrakalorien, sichtbares Fett und Süßigkeiten*	2–3 Portionen	1 Tl Öl 10 Mandeln 10 g Erdnussbutter oder 1 Tl Zucker	100

* Wenn du aus jeder Gruppe das Essen auswählst, das den höchsten Nährwert und die wenigsten Kalorien hat, kannst du auf ein Maximum von 1400 Kalorien kommen. Mit einem Extra von 100 Kalorien, was zwei Teelöffeln Öl oder Brotaufstrich oder etwa 20 Gramm Nüsse, Mandeln, Körner, Samen usw. entspricht.

ARGUMENTE DAGEGEN

Wieso solltest du nicht jedes Mal eine Diät machen, wenn du ein bisschen zu viel wiegst? Alle Crashdiäten versprechen einen fantastischen Gewichtsverlust von vier bis fünf Kilogramm in zwei bis drei Wochen. In so einer kurzen Zeit kann doch nichts Schlimmes passieren!?

Zuallererst stellt sich die Frage nach den essenziellen Nährstoffen, denen sich dieses ganze Buch widmet. Die meisten „besonderen" Diäten beruhen auf dem Verzicht auf Lebensmittel aus einer der Nahrungsgruppen. In der Paleo-Diät gibt es zum Beispiel keine Milchprodukte. Manche Diäten entfernen sogar komplette Nahrungsgruppen, wie die Atkins- und die Dukan-Diät, die praktisch keine Kohlenhydrate beinhalten. Ganz zu schweigen von den verschiedenen Rohkostdiäten, die sich auf Obst und Gemüse beschränken und kaum oder keine Proteine beinhalten.

In jeder dieser Diäten fehlen außerdem diverse Vitamine und Mineralien. Sie sind absolut unpassend für eine Lebensphase intensiven Wachstums und intensiver Entwicklung, also für Jugendliche.

Und als Nächstes: Dieser berühmte Gewichtsverlust – „schmelzen" wir da wirklich Fett oder verlieren wir vielleicht etwas anderes?

Während der ersten paar Stunden, während den ersten Tagen sowieso, in denen wir keine Nahrung zu uns nehmen, wechselt unser Körper in den Hungermodus! Unser Gehirn verbraucht 130 Gramm Zucker und alle anderen Organe zusammen noch einmal 30 bis 40 Gramm, insgesamt also 170 bis 180 Gramm.

Du kannst leicht ausrechnen, wie viel es in elf bis zwölf Stunden sind, von acht Uhr abends bis acht Uhr morgens, sofern du gleich frühstückst! Das Blut hat 20 Gramm Zucker als Reserve, und die verbraucht sich üblicherweise sehr schnell. Für den Rest muss eine Reserve genutzt werden, und das ist das Glykogen in der Leber. In der Nacht verbraucht der Organismus fast seine kompletten Reserven. All der Bedarf, selbst wenn er reduziert ist, wird durch die vollständig erneuerbaren Reserven an Glykogen gedeckt.

Das wird dir nicht gefallen, aber in diesen ersten paar Tagen wirst du kein Gramm Fett verlieren! Denn das sind die Reserven, die der Körper für den Fall einer echten Gefahr des Verhungerns aufspart. Der Körper wird auch versuchen, seine Muskeln so lange wie möglich zu bewahren.

Okay, sagst du jetzt vielleicht, ich werde trotzdem noch ein oder zwei Kilogramm verlieren, wenn ich eine Wasserdiät ein paar Tage durchhalte. Wie ist das? Glykogen bindet eine Menge Wasser. Jeweils 100 Gramm binden etwa 300 Milliliter Wasser bei ihrem Auf- und Abbau. In den ersten zwei oder drei Tagen ist es genau das, was geschieht – Glykogen, das zum Teil aus den Muskeln aufgebaut wurde, wird in der Leber wieder abgebaut, um Energie zu gewinnen. Als Resultat verlierst du diese zwei oder drei Kilogramm! Ich muss betonen, dass das ein kurzfristiger Gewichtsverlust ist, kein konstanter. Du wirst das Gewicht komplett zurückbekommen, sobald du wieder etwas isst.

Der umgekehrte Prozess ist schneller und effizienter! Als ob du trainieren würdest, um schnell Gewicht zuzulegen!

Für diejenigen, die gerne rechnen, hier die Details: Der tägliche Bedarf liegt etwa zwischen einem Minimum von 1400 und 3000 Kalorien, je nachdem, wie aktiv du bist. Es ist nicht schwierig zu berechnen. Nimm die Reserven – 350 bis 750 g Glykogen in Leber und Muskeln –, multipliziere sie mit vier Kilokalorien, und hier ist das Resultat: 1400 bis 3000 Kilokalorien, die maximal drei Tage lang vorhalten.

Was passiert als Nächstes? Der Organismus muss Kalorien für seinen Grundstoffwechsel bereitstellen. Aber woher nimmt er sie?

Tatsächlich hat jeder von uns größere Reserven an Fettgewebe. Angenommen, deine kommen insgesamt auf 14 Kilogramm. Das entspräche einer Energie von 110.000 Kilokalorien, theoretisch genug für zwei bis drei Monate. Du kannst viel Glukose, also Zucker, aus Glycerin erhalten, welches ein wesentlicher Bestandteil der Triglycerid-Fettreserven ist – hier siehst du wieder, dass dir ein paar Grundkenntnisse in Biologie und Chemie weiterhelfen. Dieses Glycerin ist nötig, um das Gehirn und die roten Blutzellen zu versorgen. Das ist jedenfalls die Theorie, aber in der Praxis ist es vollkommen anders.

Unser Körper speichert seine Fettreserven. Wenn das Glycerin verschwindet, beginnt er seinen Zucker aus Proteinen zu bekommen. Am Anfang einer Diät werden also die eigenen Muskeln verwendet, um etwas Zucker zu erzeugen. Wenn du also Wasser fastest oder sogar nur deine Kalorienzufuhr senkst, wird der Körper Glykogen und das Protein aus dem Gewebe nehmen, hauptsächlich aus der Haut und den Muskeln, und das Fettgewebe behalten!

Das ist der größte Nachteil von jeder „schnellen“ Diät – ein großer Verlust an Muskelmasse. Und natürlich gefällt dir diese Art Diät auch deshalb nicht, weil der Kalorienverbrauch insgesamt zurückgeht.

Wissenschaftler haben berechnet, dass der Körper in den ersten zehn bis 15 Tagen etwa 70 bis 80 Gramm Muskeln am Tag verliert! In drei Wochen ist das mehr als ein Kilogramm, und eine junge Frau hat im Durchschnitt sieben bis acht Kilogramm Muskelmasse. Erst nach dieser Phase, wenn der Körper bemerkt, dass es lebensgefährlich wird, reduziert er den Abbau von „strukturellem“ Protein auf 20 Gramm am Tag. Und erst jetzt fängt er an, die Fettreserven anzugreifen. Es dauert drei bis vier Wochen, den Energiestoffwechsel vollständig von Glukose auf Fettsäuren und Ketonkörper umzustellen.

Je radikaler die Diät, umso mehr Muskeln verlierst du, insbesondere wenn du nicht genug hochwertige Proteine isst. Und wenn die Diät kurz ist, bis zu drei Wochen, wird der Körper sich nicht auf Fett als Hauptenergielieferant umstellen. Aber die eigentliche Idee ist, das Fett zu verlieren, nicht einfach irgendwelches Gewicht!

Um den minimalen Energieumsatz des Körpers von 1300 Kalorien abzudecken, sind theoretisch 150 Gramm Körperfett oder 350 Gramm Glykogen genug. Vom Fett bekommt man 9 Kilokalorien pro Gramm und vom Glykogen 4, genau wie von Zucker. An ein Gramm Glykogen sind im Körper zwei bis drei Gramm Wasser gebunden. Wenn wir 350 Gramm an Glykogen verlieren, verlieren wir im Schnitt gleichzeitig auch 750 Gramm Wasser. In den ersten Tagen einer radikalen Diät verliert man also rund ein Kilogramm am Tag. So ist es also klar, warum der Verlust während der ersten drei Wochen so „fantastisch“ aussieht. Dann verlangsamt er sich, wenn der Körper sich auf Fett umstellt.

All das sollte dir klarmachen, dass Blitzdiäten nicht dazu führen, dass du deine Fettreserven verlierst. All diese Pläne, sich schnell „runterzuhungern“, und allgemein Diäten, die kürzer als vier Wochen dauern, sind also bedeutungslos und sogar gefährlich.

Wenn die Diät keine anderen essenziellen Nährstoffe enthält, also all die Diäten, die auf Fruchtsaft, Kohl, Ananas etc. beruhen, greift der Körper sein eigenes Proteingewebe an. Neben den Muskeln sind das die Haut, Haare und Nägel. Die lebensnotwendigen Organe schont er so lange wie möglich. Man hört oft davon, dass Mädchen dünnes, brüchiges, glanzloses Haar bekommen, dasselbe gilt für die Nägel. Manchmal verfallen auch die Zähne und so weiter. Die Schäden hängen davon ab, was in der Diät fehlt.

Je geringer die Auswahl an Speisen in einer Diät, umso größer sind die zu erwartenden Verluste und Schäden. Diese Informationen sollten ein Kriterium bei der Auswahl einer Diät sein, vor allem wenn du von so etwas liest wie der „magischen Kohlsuppendiät".

Wie planen nun aber Ärzte eine Diät, um die möglichen negativen Effekte zu vermeiden? Als Allererstes denken sie darüber nach, wie sie verhindern können, dass das Wachstum eingeschränkt wird, die Entwicklung und das Immunsystem. Das Ergebnis ist eine vielfältige, ausgewogene Einnahme von Essen aus allen Nahrungsgruppen mit nicht weniger als 1400 Kalorien bis zu einem Alter von 19 Jahren.

Außerdem – und das ist nicht weniger wichtig, sollte die optimale Diät von regelmäßigem Sport begleitet werden. Und das nicht nur, weil du dabei eine Menge Kalorien verlierst, sondern vor allem, weil du dadurch den Muskelschwund drastisch reduzieren und den Übergang zur Fettverbrennung beschleunigen kannst.

Zusammengefasst: Wenn du dem Prinzip einer ausgewogenen Ernährung folgst, wirst du dein Gewicht unter Kontrolle bringen, und zwar für lange Zeit, für dein ganzes Leben vielleicht. Und jeder muss das früher oder später tun!

WAS IST ALSO DAS OPTIMUM?

Gruppe	Portionen	eine Portion entspricht	Kalorien
Müsli und stärkehaltiges Gemüse	4 Portionen	50 g Brot 35 g Mehl, Flocken, Reis 35 g Nudeln 1 kleine Tortilla 1 Crêpe 150 g frische Kartoffeln, Mais, Erbsen 1 großer junger Maiskolben	550 (700)*
Milch und Milchprodukte	3–4 Portionen	250 ml Milch oder Joghurt 30 g fetter Käse 100 g Magerkäse	400 (650)*
Fleisch, Fisch und pflanzliche Proteine	2–3 Portionen	75 g zubereitetes oder 100 g frisches, mageres Fleisch, Fisch, Geflügel oder Wild 2 Eier 30 g Nüsse, Samen, Körner 30 g Erdnussbutter oder Hummus mit Tahini 175 g gekochte Bohnen oder Linsen oder 70 g rohe	450 (500+)
Gemüse und Obst	9 Portionen	100/150 Gramm	350
Extrakalorien, sichtbares Fett und Süßigkeiten	bis zu 10 Portionen	1 Tl Öl 10 Mandeln 10 g Erdnussbutter oder 1 Tl Zucker	300–600

* In Klammern stehen etwas höhere Kalorienwerte, für den Fall, dass du etwas energiereichere Lebensmittel auswählst, wie Bagel mit Sesam, fetten Fisch/fettes Fleisch und Obst, aber kein Gemüse.

UNSER PROGRAMM ZUR GEWICHTSKONTROLLE

Also, wenn du wirklich vier bis fünf Kilogramm verlieren möchtest und deiner Gesundheit nicht schaden willst, sind für ein 15-jähriges, 164 Zentimeter großes Mädchen 1300 Kalorien, aufgeteilt auf die verschiedenen Nahrungsgruppen, das absolute Minimum. Das gilt, solange du dich entwickelst und wächst.

Wenn deine Mutter versucht, ihr Gewicht zu kontrollieren, kann sie bei deiner Diät mitmachen. Dieses Minimum ist ideal für langfristigen Gewichtsverlust. Es gibt niemals einen Jo-Jo-Effekt!

Durchschnittliche körperliche Aktivität erhöht deinen Bedarf auf 2400 Kilokalorien, und das ist es, was wir in der Optimumtabelle aufgeführt haben. In diesem Fall gibt es zusätzlich 300 bis 600 „Luxuskalorien". Darunter fallen Kalorien aus sichtbarem Fett wie Olivenöl, Butter, Speck und Crème fraîche. Und noch spannender ist, dass auch gelegentliche Süßigkeiten dazu zählen: Schokolade, Eis, Kuchen mit Nüssen oder Schokosahne, Obstkuchen. Aber Vorsicht! Süßigkeiten haben fast nie weniger als 30 Kalorien pro Portion, und häufig sind es mehr als 500.

Ein einfaches „Extraessen" mit Fett und Zucker, das aber aufgrund seiner anderen Inhaltsstoffe sehr hochwertig ist, ist eine Mischung aus Nüssen und getrockneten Früchten. Das könnten zum Beispiel Mandeln und Cashews zusammen mit Rosinen, getrockneten Cranberrys und Feigen sein. Dieses Essen hat normalerweise mindestens 450 Kalorien pro 100 Gramm, je nach Mischung. Es ist sehr praktisch, wenn man es in einen Beutel packt, und man kann es überall hin mitnehmen.

Stell deine eigenen Kombinationen aus Essen zusammen – nenne sie „Mein Diätplan", wenn dir das besser gefällt! Kombiniere alle Farben – rote Erdbeeren mit grünem Salat, Kürbis mit Zimt, Karotten mit Kohl, Tomaten mit Käse, Grün mit Lila und nimm immer aus jeder Nahrungsgruppe zumindest etwas.

Kombiniere alles, wie du willst. Achte nur auf die kleinen Einschränkungen, die wir besprochen haben!

Du solltest drei bis vier mal am Tag essen, nie weniger, mindestens drei Stunden Pause zwischen den Mahlzeiten lassen und mindestens drei Stunden, bevor du ins Bett gehst. Mischungen sind nicht schädlich, achte nur darauf, wie viel zusätzliches Öl oder sonstiges Fett du bei der Zubereitung verwendest. Also lass deiner Fantasie freien Lauf–ohne Soßen, Frittiertes, Paniertes oder fettige Aufstriche und diese völlig leeren Kalorien!

Beispielprogramm für ein 15-jähriges, 164 Zentimeter großes Mädchen:

- **Montag**:
  Freier Tag!
- **Dienstag und Donnerstag**:
  Eine Stunde/9 Kilometer laufen – verbrennt 400 Kalorien
- **Mittwoch und Freitag**:
  Gymnastik, Bauchmuskel-, Bizeps- und Trizepstraining, 45 Minuten – verbrennt 150 Kalorien
- **Samstag und Sonntag**:
  Fahrrad fahren oder Skaten, eine Stunde/18 Kilometer – verbraucht 400 Kalorien

In einer ganzen Woche sind es dann mehr als 1500 Kalorien. Theoretisch könntest du so ein Kilogramm im Monat verlieren. Einen viel größeren Effekt wirst du aber beim Umfang deiner Taille, Hüfte, deiner Oberschenkel und Oberarme feststellen. Deine Figur wird vielleicht schnell so aussehen, dass sie dir noch besser gefällt.

Das Entscheidende von diesem oder auch jedem anderen Programm ist, regelmäßig dabeizubleiben. Die sportlichen Aktivitäten kannst du mit Freunden machen oder auch allein, du bist also nicht davon abhängig, ob jemand anderes Zeit oder Lust hat.

Eine ausgewogene Ernährung zusammen mit einem Plan zu mäßiger sportlicher Aktivität kann nicht schiefgehen. Es ist eine absolut bewiesene Methode, den Körper zu formen und langfristig das Gewicht zu halten. Ganz zu schweigen von einigen weiteren positiven Auswirkungen auf die Gesundheit.

DIE INTENSITÄT DER KÖRPERLICHEN AKTIVITÄT UND DER KALORIENVERBRAUCH	
Maximale Intensität	**Gewünschte relative Intensität**
Leichte körperliche Aktivität: bis zu 3,5 kcal/kg Mittlere körperliche Aktivität: von 3,5 bis 7,5 kcal/kg Anstrengende körperliche Aktivität: Mehr als 7,5 kcal/kg Die relative Intensität des Pulsschlags ist ein besseres Maß: Maximale Herzfrequenz = 22 – Alter	Zwischen 50 und 70 %, also zwischen 0,5 x (220 – Alter) und 0,7 x (220 – Alter) Deinen gesamten Kalorienverbrauch erhältst du, wenn du deinen Verbrauch pro Minute mit der Dauer der Aktivität in Minuten multiplizierst.

TABELLE DES ENERGIEVERBRAUCHS BEI VERSCHIEDENEN AKTIVITÄTEN FÜR MENSCHEN MIT UNTERSCHIEDLICHEM GEWICHT

Aktivität	Kalorien pro Minute							
	44 kg	50 kg	56 kg	59 kg	62 kg	68 kg	74 kg	80 kg
Badminton	4,3	4,9	5,4	5,7	6,0	6,6	7,2	7,8
Tischtennis	3,2	3,4	3,8	4,0	4,2	4,6	5,0	5,4
Squash	9,3	10,6	11,9	12,5	13,1	14,4	15,7	17,0
Tennis	4,9	5,5	6,1	6,4	6,8	7,4	8,1	8,7
Fußball	5,8	6,6	7,4	7,8	8,2	9,0	9,8	10,6
Basketball	6,1	6,9	7,7	8,1	8,6	9,4	10,2	11,0
Handball	2,2	2,5	2,8	3,0	3,1	3,4	3,7	4,2
Boxen im Ring	6,1	6,9	7,7	8,1	8,6	9,4	10,2	11,0
Boxtraining	9,8	11,1	12,4	13,1	13,8	15,1	16,4	17,8
Fahrradfahren 15 km/h	4,4	5,0	5,6	5,9	6,2	6,8	7,4	8,0
Fahrradfahren, intensiv, 25 km/h	7,6	8,5	9,5	10,0	10,5	11,5	12,5	13,5
Gymnastik	3,1	3,3	3,7	3,9	4,1	4,5	4,9	5,3
Aerobic, intensiv	5,9	6,7	7,5	7,9	8,3	9,2	10,0	10,8
Tanzen, einfach	2,3	2,6	2,9	3,0	3,2	3,5	3,8	4,1
Tanzen, Choreografie	7,4	8,4	9,4	9,9	10,4	11,4	12,4	13,4
Gehen, 6 km/h	3,7	4,1	4,5	4,8	5,0	5,5	6,0	6,5
Laufen, 12 km/h	9,7	10,8	11,9	12,5	13,1	14,2	15,4	16,5
Laufen, 19 km/h	12,8	14,5	16,2	17,1	17,9	19,7	21,4	23,1
Reiten, Schritt	1,9	2,1	2,3	2,4	2,5	2,8	3,0	3,3
Reiten, Galopp	6,1	6,9	7,7	8,1	8,5	9,3	10,1	11,0
Seilspringen, 70/Min.	7,1	8,1	9,1	9,6	10,0	11,0	12,0	13,0
Seilspringen, 145/Min.	8,8	9,9	11,0	11,6	12,2	13,4	14,6	15,8

Aktivität	Kalorien pro Minute							
	44 kg	50 kg	56 kg	59 kg	62 kg	68 kg	74 kg	80 kg
Schwimmen, Bruststil, schnell	7,1	8,1	9,1	9,6	10,0	11,0	12,0	13
Schwimmen, Bruststil, langsam	5,8	6,6	7,4	7,8	8,2	9,0	9,8	10,6
Schwimmen, Freistil, schnell	6,9	7,8	8,7	9,2	9,7	10,6	11,5	12,5
Schwimmen, Freistil, langsam	5,6	6,4	7,2	7,6	7,9	8,7	9,5	10,2
Skaten, langsam, 13 km/h	3,5	4,0	4,5	4,8	5,0	5,6	6,2	6,8
Skaten, schnell, 26 km/h	15,9	16,4	16,9	17,1	17,5	18,2	18,9	19,3
Skifahren, Abfahrt, mittelschnell	4,3	4,9	5,5	5,8	6,1	6,7	7,3	7,8
Rudern, Kanufahren	4,6	5,2	5,8	6,1	6,4	7,0	7,6	8,2

Elterntreff

Mama und Papa,
schaut mal ins
Familienalbum!

Der Aufbau des Körpers ist eine Art Familienschatz, der in Ehren gehalten und von Generation zu Generation weitergegeben wird.

Deshalb sollten Väter – und Mütter – in den Spiegel sehen, aber auch in ihr Familienalbum. Das gilt besonders für Väter, weil sie ihre Töchter häufig eher foppen, als Mütter es tun. Und Mädchen sind besonders verletzlich. Beim Blick ins Album sollten Sie klären, ob eine kräftigere Figur einen familiären Ursprung hat. Nur so können wir herausfinden, ob der Ernährungszustand eines Mädchens im normalen Bereich für sein Alter liegt.

In der Pubertät beginnt sich in manchen Körperteilen mehr Fett anzusammeln. Das ist eine völlig normale Entwicklung – anders als zum Beispiel der Bauch des Vaters.

Deshalb, liebe Väter, helft euren Töchtern – findet ihr Gewicht heraus, berechnet zusammen ihren Body-Mass-Index. Findet heraus, wo sie sich auf der Skala vom Anfang des Buches befindet.

Wenn sie im Normalbereich liegt, ignorieren Sie die Forderungen, die sie an sich selbst stellt, nicht einfach. Die Besessenheit von der Idee, möglichst dünn zu sein, ist eine Wurzel für Essstörungen in der heutigen Gesellschaft. Mädchen sind viel anfälliger dafür. Necken Sie sie nicht zu sehr wegen ihres Gewichts, denn das kann Magersucht auslösen. Und wir sollten weder selbst unrealistische Erwartungen haben noch jemanden anderen darin bestärken.

Und sehen Sie sich immer wieder Familienfotos an!

Helfen Sie ihr zu verstehen, warum sie sich plötzlich von ihren männlichen Freunden unterscheidet. Nur weil einige Körperstellen nun runder aussehen, heißt das nicht, sie wäre dick. Das ist einfach die Wirkung der weiblichen Hormone. Nach der Pubertät kommt alles an seinen Platz.

Normale, gesunde Körper können vollkommen unterschiedlich aussehen. Gesundheit wird ganz unterschiedlich verpackt, mit größerem oder kleinerem Volumen, in unserer oberen oder unteren Körperhälfte. Es steht nirgendwo in Stein gemeißelt, dass dünne und/oder kleine Menschen gesünder und glücklicher sind.

Wenn Ihre Tochter nach den objektiven Maßstäben, die in diesem Buch beschrieben wurden, übergewichtig ist, suchen Sie die Hilfe einer professionellen Fachkraft und helfen Sie Ihrem Kind, ein festes Programm durchzuhalten.

Mütter, eure Ernährung ist möglicherweise nicht gesund für eure Tochter! Sie können sich verschiedene „Entgiftungen“, eine Rohkostdiät oder die Paleo-Ernährung und Ähnliches leisten, weil Sie ausgewachsen und voll entwickelt sind. Ihre Tochter steckt mitten in der Entwicklung. Jede dieser speziellen Diäten kann daher extrem schädlich sein.

Wenn Ihre Tochter Probleme mit ihrem Aussehen hat, dann schlagen Sie ihr vor, sich körperlich zu betätigen. Ermutigen und unterstützen Sie keine Diäten wegen irgendwelcher virtueller Schönheitsideale oder unrealistischer Erwartungen!

Der Grund, sich vor allem auf die Väter zu konzentrieren, ist nicht nur, dass sie mehr Zeit mit Sport verbringen, selbst wenn sie es nur im Fernsehen schauen. Der Grund ist, dass die Wissenschaft gezeigt hat, dass Töchter von aktiven Vätern selbst viel aktiver sind und sich eher für sportliche Aktivitäten begeistern.

Das heißt nicht, dass die Tochter verpflichtet ist, Fußball zu spielen, wie ihr Vater, obwohl sie das natürlich könnte. Es wäre gut für Väter, wenn sie sich etwas auf die Bedürfnisse ihrer Töchter einstellen würden.

Sie könnten zusammen laufen, Fahrrad fahren, oder er könnte ihr sogar Tanzstunden geben. Schwimmen ist auch außerordentlich sinnvoll und eine gute Aktivität aus einer Reihe von Gründen. Zum einen, weil unterschiedliche Muskelgruppen daran beteiligt sind. Das hilft, die Brust zu entwickeln, die Oberschenkel zu formen und so weiter. Außerdem, und das ist vielleicht ein noch wichtigerer Grund, finden es Mädchen manchmal unangenehm, in der Öffentlichkeit einen Badeanzug zu tragen. Ihnen fehlt noch das nötige Selbstvertrauen. Daher fällt es ihnen viel leichter, wenn sie in Begleitung sind, besonders wenn sie kräftiger gebaut sind und sich nicht viel zutrauen. Wenn Väter selbst keine Schwimmer sind, können sie ihren Töchtern helfen, indem sie sie zum Schwimmbad fahren, sie ermutigen, in einem guten Schwimmkurs zu bleiben, und sie für ihre Fortschritte zu loben.

Laufen, Wandern, Skifahren – das sind alles Aktivitäten, die Sie gemeinsam unternehmen könnten. Für anderes, was sie alleine machen möchte, reicht es, wenn Sie sie darin unterstützen, also sie hinbringen und abholen. Es ist viel wichtiger, das Volleyballspiel Ihrer Tochter anzusehen, als irgendein Spiel im Fernsehen.

Es wäre toll, wenn Schulen Mädchen dazu motivieren würden, sich an verschiedenen Sportarten zu beteiligen. Aber leider kommt das in manchen Ländern nur selten vor.

Väter können Trainingspartner sein. Aber wichtiger ist es, dass sie ihre Töchter ermutigen, motivieren und verstehen und ihr auf vielfältige Weise bei ihren außerschulischen sportlichen Aktivitäten helfen.

Es ist wichtig, sich auf den Spaß und das gute Gefühl nach dem Sport zu konzentrieren. Für niemanden sollte an erster Stelle stehen, durch das Training Gewicht zu verlieren. Das wäre eine schlechte Art von Motivation – es wäre Zwang.

Sport muss Spaß machen, unterhalten. Man sollte sich immer auf die Motivation durch die Gesellschaft, den Energieschub, die Stimmung, das Selbstbewusstsein konzentrieren. Der Umstand, dass Training dabei hilft, das Gewicht zu kontrollieren und den Körper zu formen, ist nur ein Nebeneffekt.

Die Hilfe des Vaters kann auch daraus bestehen, eine Sportart vorzuschlagen, die der Tochter Spaß macht, sie zum Lachen bringt, in der sie unter Leute kommt, die sie mag. Und noch etwas, Sie sollten Ihre Tochter nicht dazu drängen, die Beste zu sein. Wenn sie wirklich eine Veranlagung dazu hat, wird sie selbst den schwierigen Trainingspfad für sich wählen. Aber darum geht es hier nicht.

Regelmäßig einkaufen gehen!

Es sollte bei Ihnen zu Hause immer eine Auswahl an frischem Obst und Gemüse, hochwertiges Fleisch, Fisch, Eier, fettarme Milch, Joghurt und Käse geben. Und natürlich Brot und fettarmes Gebäck. Bei einem größeren Einkauf schadet es nicht, wenn Papa die Führung übernimmt, weil es viel zu tragen geben könnte. Eine Einkaufsliste kann nützlich sein. Sie vergessen dann nichts und kaufen hoffentlich nichts, was Sie gar nicht brauchen.

Gefrorenes Obst und Gemüse ist eine gute Alternative. Beim Einfrieren bleiben die meisten guten Inhaltsstoffe erhalten, und so lässt sich das Essen bequem aufbewahren. Frisches Gemüse wird oft sauber und schon halb küchenfertig angeboten, das erleichtert es für jemanden, der noch ungeübt in der Küche ist.

Wenn Ihre Tochter nicht mit Ihnen einkaufen geht, fragen Sie auf jeden Fall, was sie gerne essen oder trinken möchte. Erfüllen Sie manche dieser Wünsche und manche nicht. Wählen Sie hochwertige Süßigkeiten in kleinen Portionspackungen. Das hilft Ihrer Tochter, die Idee des kontrollierten Essens zu verstehen. Es ist schwieriger, mit dem Essen aufzuhören, wenn man eine 300-Gramm-Packung Schokolade aufreißt. Es viel einfacher, wenn jedes 20-Gramm-Stück einzeln verpackt ist. Die Verpackung muss ja nicht aus Plastik sein.

Lesen Sie die Nährwertangaben auf der Verpackung! Spaghetti-, Chili-, Barbecuesauce und eine Vielzahl anderer können bis zu 20 Gramm Zucker pro 100 Gramm beinhalten. Besonders wichtig ist die Kontrolle der Süßigkeiten, die Ihr Kind isst, damit es nicht zu viel Zucker zu sich nimmt. Kaufen Sie frische oder getrocknete Gewürze. Wenn Sie diese doch in flüssiger Form kaufen, lesen Sie das Etikett lieber mehrmals. Machen Sie zu Hause eine gute Spaghettisauce mit einer Prise Salz und einer Prise Zucker – das ist viel besser, als eine fertige zu kaufen, in der ein Esslöffel voll Zucker und Salz steckt.

Frühstücksflocken, Fruchtjoghurts, Schokoladenmilch – das sind alles Quellen für verborgene unerwünschte Kalorien aus Zucker. Sie könnten Ihre Bestrebungen, Ihrem Kind eine gesunde Ernährung zu bieten, völlig ruinieren. Kaufen Sie solche Nahrungsmittel doch einfach nicht!

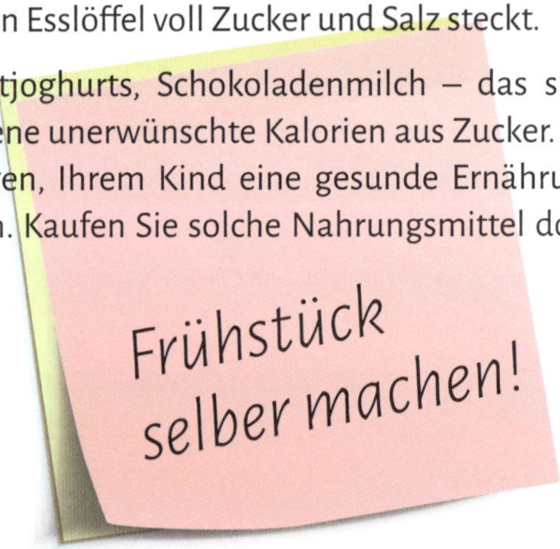

Das Frühstück ist eine wichtige Mahlzeit. Oft wird sie ignoriert, wenn man nicht rechtzeitig aus dem Bett kommt. Ihre Tochter weiß bereits, dass das Frühstück wichtig ist, um in der Schule konzentriert und erfolgreich zu sein. Manche sagen sogar, Frühstück ist perfekt, um Gewicht zu verlieren. Auch wenn Ihrer Tochter das Argument gefallen mag, ist es doch unwahrscheinlich, dass sie sich das Frühstück selbst macht.

Vermeiden Sie möglichst, Ihren Kindern Geld für Snacks zu geben. Wenn Sie alle Zutaten zu Hause haben, brauchen Sie nicht mehr als zehn Minuten, um das Frühstück selbst vorzubereiten. Es ist sogar noch besser, wenn Sie sich mit Ihren Kindern hinsetzen und gemeinsam frühstücken.

Gemeinsame Essen zu Hause sind die beste Art, gute Essgewohnheiten einzuführen und zu pflegen. Regelmäßige Mahlzeiten mit passenden Portionen sind absolut unerlässlich, wenn es darum geht, dass Teenager ihr Gewicht kontrollieren. Wenn Sie das nicht tun, wer sollte ihnen sonst solche Gewohnheiten beibringen?

Es ist nicht unmöglich, neben dem Frühstück noch ein weiteres Essen zu finden, bei dem die ganze Familie zusammensein kann – Mittag- oder Abendessen. Auch wenn es am Wochenende manchmal kompliziert sein mag, gibt es wirklich keine ernsthafte Ausrede dafür, das gemeinsame Essen auszulassen.

Passen Sie alte Rezepte an die Bedürfnisse Ihrer Tochter an.

Sie haben aufgehört, Fertigsaucen für Nudeln und Fleisch zu kaufen – spitze! Natürlich liebt Ihre Tochter diese Saucen, und es ist möglich, sie mit Gemüse zuzubereiten – dann passt alles. Am besten bereiten Sie diese Saucen mit einer winzigen Menge Öl, einem oder zwei Teelöffeln, zu, mit einer Prise Zucker und einer Prise Salz. Dann sind sie gesund. Frisch zubereitete Saucen sind auch ökonomisch – sie lassen sich mehrere Tage aufbewahren. Ihre Tochter kann sie jederzeit essen, wenn sie Hunger bekommt.

Geschnittenes oder geraspeltes Gemüse sollte auch immer zur Verfügung stehen, um schnell einen Salat zuzubereiten. Reichen Sie Ihrer Tochter etwas guten Käse dazu oder eine Dose Thunfisch in Salzwasser.

So wird sie vielleicht lieber zu Hause essen, statt ihr Taschengeld für Snacks auszugeben. Es gibt genügend andere schöne Dinge, für die sie ihr Geld ausgeben kann.

Ändern Sie alte Rezepte! Die Speisen, die nach alten Rezepten zubereitet werden, enthalten oft viel zu viel Fett und müssen besonders lange kochen. Dadurch verändert Gemüse vollständig seine Farbe und Konsistenz, ganz zu schweigen von den Vitaminen, die verloren gehen.

Gemüse sollte stets nur für kurze Zeit hoher Hitze ausgesetzt sein, egal ob es gekocht, gegrillt oder geschmort wird.

Es ist wichtig, die Menge an zusätzlichem Fett zu reduzieren, egal ob es von als gesund bezeichnetem Olivenöl kommt, von Schmalz oder Butter. In den meisten alten Rezepten schadet es nichts, die Menge an zusätzlichem Fett mindestens um die Hälfte zu reduzieren.

Sie sollten Zwiebeln niemals in Öl frittieren. Sautieren Sie die Zwiebeln in Wasser, auf niedriger Stufe. Am besten ist es, anschließend Öl mit einer Pipette oder einem Zerstäuber zuzugeben. Auch Andicken mit Mehl sollte der Vergangenheit angehören. Panieren und Frittieren ist ebenso ungesund. Ihre Tochter weiß bereits, dass gebratenes und frittiertes Essen viel Fett aufnimmt, und natürlich, dass Fett viele Kalorien enthält!

Wir haben das Beispiel mit den Auberginen gesehen, die von 20 auf 700 Kalorien hochgeschossen sind. Und hier sind die Zahlen für Pommes: Kartoffeln haben 80 Kalorien. Frittiert haben sie bis zu 320 Kalorien – der Unterschied sind 30 Gramm Öl, das die 100 Gramm Kartoffeln völlig durchtränkt.

Bei anderen Speisen gibt es ähnliche Muster. Auberginen sind gegrillt toll, etwa für Moussaka, oder gebacken für einen Salat mit gebratener Paprika, Knoblauch oder anderem Gemüse. Neben Pfeffer und Salz sollten auch viele weitere Gewürze zum Einsatz kommen. Ihre Vielfalt ist eine tolle Möglichkeit, den Geschmack auszugleichen, der eventuell durch die Reduzierung des Fetts entstehen könnte. Das gilt für alle Speisen. Auch beim Salat muss kein Dressing dabei sein. So kann jeder das hinzufügen, was er möchte.

Sie werden schnell merken, dass Ihre Tochter Essen, das so zubereitet wurde, bevorzugt. Wenn sie sich um ihr Gewicht sorgt, und das tun Mädchen in ihrem Alter oft, sollten die Eltern Verständnis zeigen und ihr helfen. Lassen Sie sich zusehen, wenn Sie das Essen zubereiten, und lassen Sie Ihr Kind mitmachen, wenn es möchte.

Kartoffeln sind kein schlechtes Essen. Die falsche Zubereitung macht sie schlecht. Kartoffeln können ein Meisterwerk sein, wenn sie aus dem Ofen kommen. Kartoffeln in dünne Scheiben geschnitten, mit ein bisschen Parmesan, ähneln Kartoffelchips nicht nur, sie schmecken sogar besser.

Wie wäre es mit Kartoffelbrei mit fettarmer Milch, ohne Butter. Oder Kartoffelsalat mit vielen Zwiebeln und Salatherzen, ohne Mayonnaise und einer Menge Öl. Das könnte Ihr Kind begeistern.

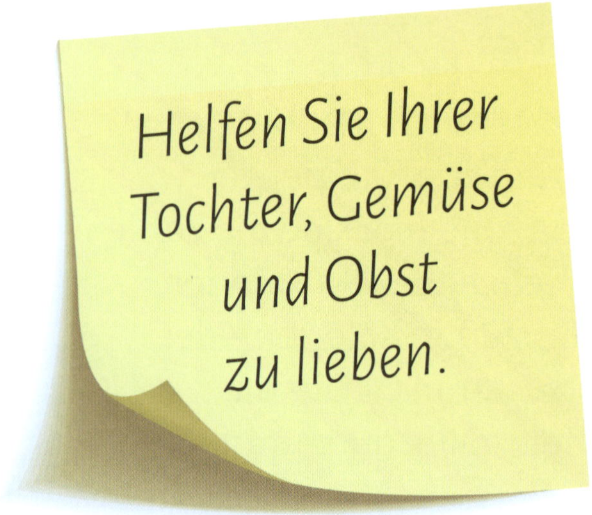

Ihre Tochter weiß, dass eine der Voraussetzungen für gute und gesunde Ernährung in der Vielfalt besteht. Das bedeutet auch: viele verschiedene Gemüsesorten. Aber sie mag möglicherweise keinen Spinat, Rosenkohl oder Grünkohl – puh! Sie liebt Kartoffeln, Kartoffeln, Kartoffeln. Sie wollen ihr dabei helfen, das zu ändern?

Geduld steht dabei an erster Stelle. Manche sagen, ein neues Lebensmittel muss mindestens sechs oder sieben Mal probiert werden, bis einem der Geschmack gefällt. Versuchen Sie immer wieder neue Gemüsesorten zu denen hinzuzufügen, die sie schon mag.

Wenn sie zum Beispiel keinen Krautsalat mag, hilft sicher ein bisschen geraspelte Karotte als Ergänzung. Vielleicht gefallen ihr die wunderschönen Farben, die so entstehen. Zu einem Kartoffelauflauf passt als unterste Schicht auch etwas Blumenkohl! Das ist eine erprobte Methode! Es wird ihr helfen, den neuen Geschmack zu akzeptieren. Mit einer Reihe von Suppen ist es sogar noch leichter. Kartoffeln und Erbsen lassen sich leicht mit etwas Brokkoli und Karottenstücken ergänzen. Bohnen passen gut zu Paprika oder Karotten.

Salate müssen nicht langweilig sein! Erschaffen Sie einfach ein Farbfeuerwerk und mischen Sie drei verschiedene Farben mit Paprika, Tomaten und Frühlingszwiebeln.

Kleine, schnelle Brote sind eine tolle Methode, um verschiedene Gemüsesorten unterzubringen. Sie können Brokkoli hinzufügen, Gürkchen, Karotten, Spinat und so weiter. Dasselbe können Sie auch mit Kuchen machen. Nur nicht zu viel Butter verwenden. Ändern Sie die alten Rezepte auf diese Weise. All dies sind Möglichkeiten, jemanden an einen neuen Geschmack zu gewöhnen.

Ihre eigenen Gewohnheiten sind nicht unwichtig. Papa und Mama sollten auf die neckenden Kommentare verzichten und kein schlechtes Vorbild abgeben, indem sie selbst nicht alle Gemüsesorten essen. Auch wichtig: Väter sollten mindestens einmal die Woche das Mittagessen zubereiten. Es ist allgemein bekannt, dass Männer ausgezeichnete Köche sein können. Das ist eine tolle Gelegenheit, die Tochter einzubinden. Es wird Spaß machen und lehrreich und sehr nützlich sein, da ihr die Eltern damit helfen, Gemüse zu schätzen.

Bestehen Sie nicht darauf, die gesundheitlichen Vorzüge herauszustellen. Vielleicht liegt ihr das Thema nicht am Herzen. Achten Sie mehr auf die Zusammenstellung der Farben und die Ästhetik. Vielleicht ist das der richtige Weg, um den Regenbogen auf den Teller zu zaubern.

Obst ist sogar noch einfacher. Waschen Sie das Obst, schneiden Sie es in Stücke, legen Sie es auf einen Teller und stellen Sie ihn neben Ihr Kind während es liest. Fügen Sie gelegentlich eine Erdbeere, Himbeere, ein Stück Apfel, Birne oder Pfirsich hinzu. Obst ist sehr anregend: In einem Magerjoghurt ist es ein toller Start in den Tag oder ein Imbiss zu Hause.

Wenn Ihre Tochter kein frisches Obst isst, könnten Sie ihr helfen, indem Sie ihr einen Saft machen. Vermeiden Sie es, fertige Säfte zu kaufen. Es ist schwer, damit aufzuhören, und es fällt damit zu leicht, zu viel Zucker zu sich zu nehmen. Ihre Tochter weiß bereits, dass Saft kein angemessener Ersatz für frisches Obst ist. Aber vielleicht wählt sie den Weg des geringsten Widerstands, vor allem, wenn Sie (fälschlich) darauf bestehen, er sei gesund. Außerdem würde sie damit ihren Magen füllen und dann auf die wunderbare Brühe mit Brokkoli und Karotten verzichten.

> *Süßigkeiten sind erlaubt, wenn es im Rahmen bleibt.*

Kinder lieben Süßigkeiten. Schon wenn sie geboren werden, lieben sie alles, was süß ist! Mit der Zeit und dem Erwachsenwerden schwächt sich diese Liebe ab, verschwindet aber wohl nie.

Wenn Sie die Süßigkeiten vollständig verbieten, wächst nur das Verlangen … Wie Sie vielleicht aus eigener Erfahrung wissen. Kindern sollten die Süßigkeiten zu Hause nicht verboten werden, weil sie sonst immer einen Weg finden, draußen welche zu bekommen.

Sie können Ihnen auf verschiedene Weise helfen:

Erstens: Verbieten Sie Süßigkeiten nicht, sondern erlauben Sie sie zu Hause.

Zweitens: Wenn Sie auf Fertigsaucen, industrielle Fruchtjoghurts, Müsli mit zugefügtem Zucker und Fertigsäfte verzichten, ist das schon eine Menge. Damit haben Sie Ihre Kinder schon vor 30 bis 50 Gramm Zucker am Tag bewahrt, vielleicht mehr.

Drittens: Bei Rezepten für Kuchen und hausgemachte Marmelade können Sie enorm viel einsparen. In diesen Rezepten, die aus Zeiten stammen, in denen die Menschen häufiger hungerten, findet sich oft ein Kilogramm Zucker neben einem Kilogramm Früchte. Sie können den Zucker um den Faktor 10 reduzieren und trotzdem noch Pfannkuchen genießen.

Zwei Pfannkuchen mit solcher Marmelade enthalten nicht mehr als zwei Teelöffel Zucker.

Versuchen Sie ganz allgemein, die Menge an Fett und Zucker in allen Rezepten zu reduzieren und dabei den Geschmack zu erhalten. Auch wenn es auf den ersten Blick unmöglich erscheint, versuchen Sie es.

Wenn Sie Schokolade und Kekse kaufen, nehmen Sie lieber Packungen mit einzeln verpackten Portionen statt großer Familienpackungen. Das gilt auch für Speiseeis. Manche Leute versuchen durch sogenannte Familienpackungen, die selbst für eine sechsköpfige Familie zu groß sind, zu sparen. Im Wesentlichen läuft es darauf hinaus, dass alle viel zu viel davon essen. Und das fügt auch den Kindern ernsten Schaden zu.

Hilfe bei Essstörungen bieten die folgenden Beratungsstellen:

ANAD e.V.
Poccistr. 5, 80336 München
Tel. 0 89 / 2 19 97 30
www.anad.de
kontakt@anad.de

Cinderella e. V., Beratungsstelle für Essstörungen
Westendstr. 35, 80339 München
Tel. 0 89 / 5 02 12 12
www.cinderella-beratung.de
info@cinderella-beratung.de

Overeaters Anonymous
Heckenrosenweg 33-35
47804 Krefeld
Tel. 0176 / 34 40 55 55
www.overeatersanonymous.de
kontakt@overeatersanonymous. de

Bundeszentrale für gesundheitliche Aufklärung
Maarweg 149 - 161
50825 Köln
Tel. 0221 / 89 20 31
www.bzga-essstoerungen.de

Balance e. V.
Waldschmidstraße 11
60316 Frankfurt
Tel. 069 / 49 08 63 30
www.balance-bei-essstoerungen.de
BALESS@t-online.de